MANFRED PECKL
SALZ AUF DIE WUNDER

Mit einem Text von Jörg Heiser

D1704623

✳starfruit

Für Alle

Ein Riss in unserer Nüchternheit
Jörg Heiser

Vorrede zum Vortext

Einen Vortext zu verfassen, sagte der Künstler, sei das, was er sich von mir wünsche. Was ist ein Vortext? Ein Vortex, also ein Wirbel mit einem T drangehängt, oder auch ein Strudel mit einem Tee dazu. Aber vor allem: Wer ist der Künstler?

Je mehr ich mir anschaue und anhöre, was in diesem Buch, der zum Buch korrespondierenden Ausstellung und der wiederum dazu korrespondierenden vierstündigen Sound-Text-Arbeit geschieht, kann ich nur sagen: Es ist nicht zu fassen. Es – das Kunstkonglomerat Manfred Peckl und Konsorten, jene multiplizierten Anagramm-Personae, die sich in seinem Imaginations- und Präsentationsareal tummeln (Dr. Nackelpemf, Kendra F. Clemp, Leck Man Pferd und wie sie alle heißen) – schießt und sprießt in alle Richtungen, es schwappt und wuchert wie ein aus dem Ruder gelaufenes Laborexperiment. »Ist dies schon Tollheit, hat es doch Methode«, lässt Shakespeare den Oberkämmerer Polonius über Prinz Hamlet sagen, der ihn ja dann bekanntlich, während er so hinter dem Vorhang herumwuschelt, aus Versehen erdolcht. (Da bin ich jetzt mal lieber nicht der Oberkämmerer.)

Das Pecklsche Wuchern ist jedenfalls zielgerichtet, wuchtig. Rette sich wer kann. Oder aber das genaue Gegenteil: Kommen Sie näher, kommen Sie ran, so was haben Sie noch nicht gesehen. Wer bin ich dann also letztlich, als Vortextverfasser? Ich bin das, was im Varieté oder dem Zirkus oder der Freakshow der Ausrufer ist, bei kleineren Etablissements in Personalunion mit dem Zirkusdirektor, welcher die Neugier weckt und einen Ausblick gibt auf kommende Attraktionen. »So let it be written, so let it be done«, sagt Yul Brynner als Pharao in *Die zehn Gebote* von 1956 und trägt als Antipode zu Charlton Hestons vollmähnig-bärtigem Moses eine ulkig-konische Haube auf seiner Glatze (was mich wiederum an das Dan-Akroyd-Komödienvehikel *Coneheads* von 1993 denken lässt, Aliens mit spitzen Schädeln, die sechs Bierdosen gleichzeitig trinken können).

Oder anders gesagt: Ich nehme die Aufforderung des Künstlers, mich textlich voranzustellen, als Einladung, den Pecklschen Assoziations- und Verknüpfungsirrsinn diesen Text anstecken zu lassen. Und mich dabei wie Peter Ustinov in Max Ophüls' *Lola Montez* (1955) zu fühlen, der als schmieriger, peitschenschwingender Zirkusdirektor die berühmte Tänzerin, Mätresse und Liebhaberin unter anderem von Franz Liszt und Ludwig I. von Bayern, in den Staaten vorführt, gipfelnd in der Schlussszene, in der sie (gespielt von Martine Carol) in einem vergitterten Wagen sitzt und männliche Besucher für je einen Dollar anstehen, um ihr die Hand zu küssen (»Küss die Hand schöne Frau / Ihre Augen sind so blau / Tirili, tirilo, tirila«! – Ja, ich weiß, es tut weh). Aber genug der Vorrede, kommen Sie näher, treten Sie ein!

Rede zum Vortext
Jetzt mal im Ernst, wenn es einen Begriff gibt, der einem sofort in den Sinn schießt beim Betreten des Pecklschen Polly-Pocket-Universums, so ist es polymorph-pervers. Womit wir dank dieses Begriffs zugleich erst einmal in Wien sind, Anfang des 20. Jahrhunderts. Sigmund Freuds mosaische analytische Intelligenz ist in ihrer Zeit und auch sonst kaum übertroffen, zugleich ist sein habituelles Denken tief in seiner Zeit verhaftet. Einerseits hat er einen Haufen Begriff gewordener hellsichtiger Beobachtungen in die Welt gesetzt über die menschliche Psyche und das Begehren, die selbst von seinen berechtigt erbittertsten kritischen Gegenstimmen im Zweifelsfall im gleichen Atemzug geführt werden – »Kastrationsangst« beispielsweise. Oder eben: polymorph pervers. Positiv verstanden (also nicht als Denunziation der Abweichung und Auswucherung, sondern als Benennung des freudigen Ausprobierens und Praktizierens aller möglichen Fantasien und Handlungen, aus Lust oder blanker Neugier) und zugleich ausgedehnt weit über das von Freud der polymorphen Perversität ursprünglich zugewiesene menschliche Kleinkindstadium führt es hin zur sexuell und politisch andersdenkenden Bohème.

Bei Freud aber – womit wir beim Andererseits wären – führt es schnurstracks eben doch zur Denunziation, beispielsweise des »unkultivierten Durchschnittsweibs«, so Freud in seiner Abhandlung über *Die infantile Sexualität* (1905), »bei dem die nämliche polymorph perverse Veranlagung erhalten bleibt.« Freud hätte das wohl selbst »Abwehr« genannt, seelische Entlastung für ihn selbst durch Herabsetzung des bzw. der Anderen. Das habituelle Denken an dieser Stelle also weiterhin patriarchal und misogyn, snobistisch und großbürgerlich. Und beispielsweise bei der Analyse der Dora alias Ida Bauer gipfelnd darin, dass diese als »hysterisch« gelesen wird, wo sie nach eigener Aussage doch von Herrn K. als Dreizehnjährige bereits sexuell bedrängt wurde. Bagatellisierung, Victim-Blaming, Zum-Schweigen-Bringen par excellence also (Kate Novacks Kurzfilm *Hysterical Girl* von 2020 hat es zuletzt prägnant thematisiert).

Aber die Vorstellung von Sublimierung, die Freud favorisierte, und in der das Polymorph-Perverse befriedet, kultiviert und wieder in das Konforme kanalisiert und damit gesellschaftlich akzeptabel wird, umschloss offenbar an dieser Stelle auch die hartnäckige Hinnahme der bestehenden Verhältnisse besonders in Hinblick auf die patriarchale, sexuell ausbeuterische Ordnung, ja deren (pseudo-)wissenschaftliche Überwölbung und Rechtfertigung. Womit er in dieser Hinsicht alles andere als allein war, ja noch überboten wurde von Wiener Vögeln wie Otto Weininger, dem Autor des 1903 erschienenen Machwerks *Geschlecht und Charakter*, in dem er, selbst jüdischer Abstammung, sich in eine antijüdische und misogyne Tirade der Lustfeindlichkeit hineinsteigert, die selbst ebendarin etwas zutiefst, wenn auch zerstörerisch Lusthaftes hat. Einige in der zweiten Generation – beispielhaft Wilhelm Reich – zogen daraus denn auch ihre Konsequenzen: Das Konzept der (vermeintlich) kultivierenden Sublimierung ersetzt durch das der radikalen Desublimierung – die aus Ersterer folgende Erstarrung gelesen als Hinführung zur faschistischen Selbstpanzerung, aus der es sich eben zu befreien gelte durch die Lust.

Und spätestens von da an wird es kompliziert. Es ist jedenfalls, so viel sei vorweggenommen, eine der vielen Linien, die zu Peckl und seinen anagrammatischen Analyse-Brothers-and-Sisters hinführt, mit einigen Zwischenschritten. Wien, klar, als einerseits Welthauptstadt der postkaiserlichen, postfaschistischen Erstarrung und Versteifung, der Hofrat-Schranzenhaftigkeit mit Fauteuil-Furzerqualitäten, die sich ihre gehässig-neidischen, sybillinisch-feigen Machtkalkül-Bemerkungen noch als humorvollen »Schmäh« schönsäuft; zugleich aber deren künstlerische und intellektuelle Durchdringung, bis zur Selbstgeißelung führende Verhöhnung, kathartisch-dadaistische Durchwalkung. Stichworte: Wiener Gruppe, Wiener Aktionismus und Wiener Schmähgesang (Helmut Qualtinger wuchs übrigens in der Lustgasse auf), bis hinein dann in die Kunst von Valie Export bis Franz West.

Aber zunächst noch einmal zurück zum ersten Betreten des Pecklschen Universums, um dieses nach all den ausschweifenden Abschweifungen mal zur Abwechslung anschaulich zu machen, zugleich aber auch darüber nachzudenken, dass er nun einmal nicht auf irgendwelche Wiener Intelligenz- und Renitenz-Linien reduziert werden kann, unter anderem, weil ihn auch noch etwas Tiefergehendes mit u. a. Frankfurt (wo er zur Städelschule ging) und Berlin (wo er lebt und arbeitet) verbindet.

Jedenfalls bleibt zu schauen, wie Peckl samt all seiner Personae sich selbst verortet, bzw. welche Einflüsse wieder aus ihm rausfließen und was dabei für Verwandlungs- und Mutationsprozesse ihn und uns beschäftigen, wenn nicht beunruhigen müssen. Fangen wir an mit jenen, die man unmittelbar auf die Freudsche Überwölbung oder besser Unterfütterung des Sichtbaren durch das Latente beziehen kann, also das, was Paul Ricoeur später »Hermeneutik des Verdachts« genannt hat. So lauert dann hinter dem harmlosen Bild eines Trüffelschweins (siehe S. 59), das zwischen kleinen, wie Pilzen aus dem Boden schießenden Penissen schnüffelt – Achtung, Verdacht! Monokel auf und skeptisch gucken! –, eine perverse Sau.

Dabei ist es doch genau umgekehrt: Das Bild erscheint unmittelbar verstörend, weil das pornographisch-drastische Bild des erigierten Glieds hier multipliziert und unmittelbar kurzgeschlossen wird mit der Assoziation nicht nur zum aus dem Waldboden sprießenden Pilz, sondern auch mit der aus dem Erdreich schießenden Handkralle der Untoten, der Zombies. Vermeintlich pralles Leben wird schlagartig zu Fäulnis und Tod. Und dann eben doch wieder nicht – durch den drolligen Schweinerüssel, der an diesem Geschehen schnuppert und die Schwänze im Größenverhältnis gleichzeitig zu niedlichen Schwänzchen degradiert. Eine Variation auf diese Thematik ist die Collage aus einem glänzend-pulsierend aufragenden, von einer maskulin wirkenden Hand umschlossenen Phallus (siehe S. 123), an dem ein putziger Buntspecht sich eingefunden hat wie an einem wurmstichigen Baumstumpf, der nur darauf wartet, behämmert, durchlöchert und ausgehöhlt zu werden. Mit anderen Worten, das Dickpic wird zum surrealen Angstausweis. Hypermaskulinität sitzt in der Klemme zwischen Tod und Komik.

Solche Bilder wären dann auch ein Aufbegehren gegen die Schwundstufe einer Hermeneutik des Verdachts, reduziert auf die Eindimensionalität der Entlarvungsrhetorik, aber nicht durch bloße Verkehrung der Bewertung (Das Verdächtigte – beispielsweise das Phallische – wird trotzig zelebriert, romantisiert usw.), sondern indem die zugrundeliegende Logik selbst affiziert wird. Vielleicht ist dies die bündigste Formulierung des Ziels der surreal-dadaistischen Collage, ob von Hannah Höch, Max Ernst oder Manfred Peckl: Die Hermeneutik des Verdachts in heillose Verwirrung übergehen lassen, Witz und Lust, Todesanzeigen und Lebenszeichen ineinander verwandeln, die Verhältnisse so verkehren, dass Latenz und das Manifeste sich wie im Vexierbild ständig ineinanderschieben.

Doch die Ausstellung, die zum Entstehungsgeschehen dieses Buchs gehört wie der Waldboden zum Schwein und seiner Nahrung, und die ich in diesem düsteren November 2021 betrete – samt innerem Peter Ustinov mit Zylinder, Monokel und Dressurgerte –, dieses Vorzelt zum Irrsinnszirkus, diese Vorhölle zum Gesamtwahnsinn, genannt Galerie Kai Erdmann, Gruppen-Einzelausstellung der Peckl-Kohorte: Diese Ausstellung jedenfalls verdient gesonderte Betrachtung. Denn hier geht es erst einmal nicht ganz so drastisch-dadaistisch, vielmehr subtil-surreal-sprießend zu.

Zunächst befinden sich im ersten Raum gegenüber der Eingangstür zwei Gedanken- oder Imaginationswolken (*Thoughts*, 2004 – 2021), gebildet aus hölzernem Astwerk wie zwei Büsche, deren Blätter jedoch die Seiten aus Skizzenbüchern sind. Nicht, dass hier sich schon alles in Wohlgefallen auflösen würde: Es bleibt die beunruhigende Assoziation, dass dies ein Osterfeuer abgeben könnte, in dem die Gedanken und die Erinnerungen verbrennen. Aber zunächst einmal ist dem nicht so, die Blätter hängen einfach da und bleiben manifest, teils wirr und unentzifferbar, teils sich offenbarend als Skizzen zu Werken.

In der Tat sind dies über die Jahre entstandene Zeugnisse des Entwurfs- und Arbeitsprozesses der Peckl-Gedankenfabrik, die Raum hat für suchendes Kritzeln, für Wortspiele – neben den erwähnten Namensanagrammen sind dies vor allem quasipalindromische Wortgirlanden – ebenso wie für beunruhigende Porträts fiktiver Personen. Für eines dieser Porträts hält Peckl eine Manifestation bereit, die sich offenbart, wenn man sich noch einmal zur Tür dreht, neben der ein Bild hängt, als hätte es einen schon die ganze Zeit von hinten beäugt. Und hat es ja auch! Zunächst die Skizze am Gedankenbusch: auf dem Zettel befindet sich neben Zahlen und knappen Notizen (»Jemand spielt Flöte, 8.10.«, »Don't Believe«, »Keine Eile« usw.), die offenbar zur Entstehung eines Audiowerks führen, die Kugelschreiberskizze eines Kopfes. Eingefallene Wangen gepaart mit kräftiger Nase wecken die Assoziation eines harten Burschen, dem allerdings das Schicksal kräftig mitgespielt hat: Denn statt Augen hat er leere Höhlen, in denen je ein Spinnennetz prangt, mit einem einzeln nach unten gehenden Faden wie mühsam verdrückte Tränchen. Das Gemälde an der Wand, das nach dieser offenbar spontanen Skizze entstand, überformt den Ausgangsgedanken hin zu einem Herrn, der mit seinem kurzen, gescheitelten und flach anliegenden Haupthaar, den vollen roten Lippen, dem gepflegt gestutztem Schnauzer, den wie überrascht angehobenen Augenbrauen und dem ungesund türkisen Teint insgesamt aristokratischer und dekadenter wirkt. Auch hier sind die kreisrunden Augenhöhlen von je einer Spinnwebe (in der keine Spinne zu sehen ist, dafür kleine schwarze Punkte im Netz, ihre eingefangenen Fliegenopfer?) überspannt und kullert je ein Tränchen am Spinnfaden herunter. Was ist geschehen? Das an Personen gewachsene Spinnennetz kennen wir als Chiffre aus den Comics der 1970er-Jahre, von Asterix und Obelix bis Clever & Smart, als stumme Stillstand-Slapsticks des endlosen Wartens. Hier jedoch kommt das Horrorbild des augenlosen Schädels hinzu: Der Kopf ist hohl, eine rosa schimmernde Leere füllt ihn aus, die Spinnennetze signalisieren also auch Blendung und ewige Verdammnis, die Tränen ein melancholisches (Selbst-)Bewusstsein um diesen Zustand. Der Titel *Net Lover* (2021) ist im Grunde die Auflösung des Rätsels: Der Netzliebende, vielmehr Der-im-Netz-Liebe-Suchende, ist der konstitutiv einsam Bleibende, dessen Kopf leergefressen ist von Dating-Apps und anderen Liebeskanälen. Diese Lesart mag man kulturpessimistisch finden, im Sinne von: In der Schönen Neuen Welt wird die Liebe zur Matrix-Illusion (wobei ein gewisser Kulturpessimismus in diesen dystopisch anmutenden Zeiten verzeihlich ist); das Bild bleibt aber zugleich unterspült von der Drolligkeit der Vorstellung eines vor Selbstmitleid zerfließenden Hohlschädels.

Der traurig-leere Blick des Net Lovers weist einen letztlich wieder zurück in die andere Richtung, hinein in den zweiten Raum, in dem sich eine aufragende Statue auf einem schwarzen Sockel befindet (*Salz auf die Wunder*, 2021). Noch so ein Missgeschicks-Guy: Dieses Mal ist nicht der Schädel hohl, sondern der Körper geteert und gefedert. Der aus Styropor lebensgroß kettengesägte Peckl-Avatar ist von Schwarz übergossen und mit darin festklebenden faschingsknallfarbenen Federn übersät (rot, grün, rosa, pink, gelb, hellblau, orange usw.). Der semantische Gehalt ist klar: Teeren und Federn wurde seit der Antike – ähnlich wie beispielsweise das An-den-Pranger-Stellen – primär als Strafe der Ächtung, Beschämung und Folterung, nicht der Tötung durchgeführt (der zumeist verwendete Holzteer, da auch unerhitzt zähflüssig, führte nicht zwangsläufig zu Verbrennungen). Das feudale Europa der frühen Neuzeit befleißigte sich zuweilen dieser Technik; die Briten exportierten es nach Nordamerika. Dort wurde es in den Zeiten des Unabhängigkeitskrieges gerne als Instrument der Mob-Justiz eingesetzt, um Briten und deren Helfershelfer zu foltern, zugleich aber auch symbolisch für vogelfrei zu erklären. Eine wahre Renaissance erlebte das Teeren und Federn bei amerikanischen Reaktionären und Chauvinisten während des Ersten Weltkriegs: Wer Sozialist war, deutscher Abstammung oder bisher keine Kriegsanleihen gekauft hatte, am besten alles drei, wurde dieser schmerzhaften und schmähenden Behandlung unterzogen (manchmal genügte es aber auch, Nebenbuhler der Ehefrau zu sein).

Aber unser Bild vom Teeren und Federn ist natürlich auch von der Popkultur geprägt: Wenn bei Lucky Luke mal wieder ein Dalton-Bruder mit Daunenfedern übersät worden ist; wenn Dustin Hoffmann in *Little Big Man* (1970) im Wilden Westen Schlangenöl verkauft und erzürnte Kunden ihn dafür hopsnehmen; wenn der britische New-Wave-Industrial-Musiker Frank Tovey alias Fad Gadget 1984 von den »Collapsing New People« singt und sich dazu im Tarred-and-Feathered-Look über die Bühne wälzt. In den kulturellen Fantasien ist das Geteert-und-Gefedert-Werden zu einer Art Ehrenabzeichen des Geschmähtwerdens geworden – Vogelfrei-Sein als selbstgewählte oder provozierte Rolle. Bei Peckl spielt dies zweifellos mit, ist aber zugleich etwas ganz anderes. Etwas, das in die Kunst hineinverweist und am Ende wieder aus ihr hinaus.

Beim Atelierbesuch macht der Künstler es anschaulich, zeigt das Material, erklärt seine Verwendung (keine Geheimnistuerei). Sein fortlaufender Zyklus der Streifenbilder entsteht, indem er großformatige Billboard-Plakate per Aktenschredderer in gleichmäßig dünne, in der Regel monochrome Streifen schneidet, die er dann wie präzise Striche in immer gleicher Pinselstärke auf der Leinwand anordnet, zuschneidet und so Bildräume entstehen lässt. Malen ohne Feuchtes und damit ohne herabfließende Tropfen.

Dass es dann überhaupt noch Malerei sei, habe mal einer vehement in Abrede gestellt. Das hat die Peckl-Kohorte angestachelt zu einer ganzen Palette von solch Beckmesserei mittels tollkühner Unter- und Übertreibung zurückweisender, negierender Beweisführung.

Da sind zunächst die prägnant eingefärbten Silikon-Kopfmasken, die wie eine Mischung aus Batman-Gummikappe und Kopf-als-Pinsel wirken. (Man denke bei auf am Kopf herabfließender Farbe zu gleichen Teilen an Carolee Schneemann, an Günter Brus, Paul McCarthy und Leigh Bowery; aber auch an die gesamte Geschichte des Tortenschlacht-Slapsticks.) Und wenn sie nicht gerade getragen werden und mit ihnen performt wird, sind die Masken auf dünnen Stäben frei im Raum platziert wie aufgespießte Köpfe (siehe S. 104ff.). Werden sie aber getragen, ist es, als würde der Künstler, sobald er die Haube aufzieht, wie durch eine B-Movie-Fernsteuerung vom wahnsinnigen Wissenschaftler zum getrieben quiekenden Schmerz-Ekstatiker gemacht. Wenn Peckl dazu noch Streifenbilder hängt, auf denen er Tropfenförmiges – wie Vogelschiss am Fenster, wie Tropfsteinhöhle mit zähflüssigem Tränenfluss – zeigt, dann ist der kleingeistigen Schmähung des »Du bist kein Maler, ohne Pinsel, schon gar nicht, wenn's nicht tropft und fließt!« endgültig genug entgegengesetzt, so dass all dies schon eine gewisse Analogie zur Positivwendung des Teerens-und-Federns erzeugt. Aber es fehlt dann doch noch ein Zwischenschritt. Die Assoziation kommt erst zur vollen Blüte durch eine Untergruppe der Streifenbilder, auf denen Peckl die Köpfe der Plakat-Modelle – jene in der Regel schönen Menschen der Produktwerbung – zunächst unversehrt auf die Leinwand aufbringt, nur um sie dann hinter schwarzen Vertikalstreifen verschwinden zu lassen, die allerdings im Gesichtsbereich nicht bündig sind und wie ein vom Windzug bewegter Lamellenvorhang dahinter Augen, Mund, Nase usw. erahnen lassen. Das Antlitz wird nicht gefeiert, sondern wie in Arnulf-Rainerschen Übermalungen negiert, verdeckt wie der mit Teer überschüttete Kopf.

Womit wir zurück beim Styropor-Avatar *Salz auf die Wunder* wären, der nun tatsächlich das Hinunterfließen von Feuchtem impliziert, bloß nicht auf der Leinwand. Aber als wär's ein weiterer Joke über gestische Malerei, werden die berühmten »Farbakzente« in dem schwarzen Glibber von den erwähnten Kunstfederchen besorgt. So aufgestellt, ist des Künstlers Existenz beschrieben zwischen Net Lover und Salzwunder, zugleich wieder durch die Federn der Assoziationsreigen weitergegeben an die weiteren Arbeiten im Raum. *Fog* und *Cloud* bringen die Kombination Silikon/ Federn auf die Leinwand und ins Medium Wort. Wie ein Ausriss formen Federn Buchstaben, Fragmente von Worten, als wären sie mit Wolken in den Himmel geschrieben und man schaute darauf durch ein Loch im Dach (»SET... A FOG... FOR S... / CLO... UPA... MEA«). Der Sinnsalat ist noch frisch im Hirn angemacht (der Nebel, die Wolken, das Fleisch?), da kommt der Schlussstein ins künstlerische Gestaltungs- und Gedankengewölbe: Eine Neonarbeit, die kreisrund mit sechs Buchstaben die Schreibschriftworte »now/own« ineinanderschiebt wie ein Endlosmantra (*Okkupation*, 2021). Die Wortgirlanden – die Anagramme, die Palindrome – gehen bei Peckl zurück auf frühe Stempelbilder, in denen beispielsweise aus »Jan« durch Aneinanderreihung »Anja« wird, eine Art Stotter-Mantra, das bei den kreisrunden Textarbeiten in eine fließende Vielstimmigkeit übergeht: Diese gibt es nicht nur als Neons, sondern auch als freistehende skulpturale Platzbehauptung, in die sich eine Peckl-Person hineinstellen kann wie in einen Feuerkreis (etwa *earth* von 2019, wo man beim Drumherumgehen auch »ear«, »art«, »hear«, »heart« oder »the« entziffern mag); oder sich dieses skulpturale Wortding in entsprechend verkleinerter Form auf den Kopf setzen kann wie eine Narrenkrone.

Am Ende kommen wir wieder zum *Net Lover*, für den der Künstler dann eben doch mit Pinsel operiert hat (keine selbstauferlegte Regel, die es nicht verdient, gebrochen zu werden). Wir könnten uns nun eingewölkt sehen in eine Kaskade von Kunst- und Selbst-Referentialitäten, würden darüber aber übersehen, wie, wenn schon nicht in einem didaktisch-demonstrativen »Thema«, so doch in der Tollheit nicht nur Methode steckt, sondern diese Methode einen latenten, thematischen Weltgehalt längst manifestiert – und zwar als existentiell-künstlerische, das heißt beispielhafte Praxis: Eine Zurückweisung der Hermeneutik des Verdachts ebenso wie der heroischen Traditionen, gegen die sich diese einmal richtete (und längst ihr Ziel verloren hat) durch postdadaistische Sprachzerstäubung und Bildzerschredderung. Aber erstaunlicherweise nie (jedenfalls fast nie) mit der bloßen Geste der bloßen Negation, des Dichtmachens, sondern im Gegenteil durch Öffnung, Spiel, Multiplikation. Genau das war eine der Hauptstoßrichtungen der Schizoanalyse in der Nachfolge von Deleuze/Guattari, deren *Anti-Ödipus* von 1972 eine Art Befreiung des Libido-bezogenen Denkens vom Zwang zur Sublimierung und Zähmung bedeutete – allerdings nicht wie in der Post-68er-Schwundstufe einer verkürzt-trivialisierten Wilhelm-Reich-Lehre als bloßes »Fick dich frei«, sondern als Begreifen des eigenen Daseins und Produzierens im gesellschaftlichen Kontinuum der Apparate, auf die man libidinös eingetunt, geeicht und gepolt ist, ob es sich nun um Nationalflaggen, Trophäen-Handtaschen, graue Aktenordner oder die vom Plattformkapitalismus gewünschte und geförderte »Selbstverwirklichung« handelt.

Oder, um es mit Helmut Qualtinger, begleitet vom trauten Heurigensound des Wienerlieds, zu sagen: »Bei mia seids alle im Oasch daham / Im Oasch dort is Eicha Adress' / Bei mia seids alle im Oasch daham / Und i bin dem Oasch sein Abszess.« Die egoistisch-narzisstische Variante ist auf den Punkt gebracht und Adress' auf Abszess gereimt, als wäre es eine Prophezeiung der Welt von Amazon und Tinder. Der *Net Lover* kann davon ein Liedchen aus dem letzten leeren Loch pfeifen, während der *Salz auf die Wunder*-Typ als vogelfreier Teerbruder sich der Beschämung stellt. Und was eben noch (allerdings nur böswillig) als eine Kunst missverstanden werden konnte, die sich in Wortspielereien und Privatmythologien der Pinselverweigerung einspinnt, ist im nächsten ganz im Gegenteil mitten im anti-ödipal zu lesenden Schizo-Alltag der Gegenwart gelandet.

Üble Nachrede zum Vortext

Die Welthaltigkeit, ohne die Kunst am Ende zum stillen Kämmerlein verkommt, ist also längst da im zu Sehenden, bevor man auch nur eine Nanosekunde der akustischen Seite des Peckl-Outputs vernommen hat. Dann aber, wenn es was auf die Ohren gibt, lässt sich die Zumutung der Welt und ihrer Antagonismen endgültig nicht mehr aus dem Peckl-Paradigma herausreden. Es stürzt herein wie Springflut. Man muss dem Künstler dankbar sein, dass er sich entschied, die gemeinsam mit dem Theaterregisseur und Multi-Instrumentalisten Ivar van Urk eingespielte vierstündige Vertonung seiner in diesem Band dokumentierten schriftlichen Aufzeichnungen aus mehreren Jahren nicht wie ursprünglich als Dauerschleife in der Ausstellung laufen zu lassen, sondern in dosierten Hörsessions, oder nun als digital abrufbaren Track. Dankbar weniger deshalb, weil man sich etwa konzentrierter den ansonsten stumm anwesenden Objekten hat widmen können. Sondern weil es im Grunde einem Empfindungs-, einem Sinneseindrucks-Massaker gleichgekommen wäre, für das mir als Symbolbild gerade noch eines als adäquat erscheint: das der explodierenden Köpfe der grünen Mars-Kriegermännchen aus Tim Burtons *Mars Attacks* (1996). Mit ihren Riesenhirnen im Glashelm sind sie gerade dabei, die Menschheit in einem fort mit ihren Strahlenkanonen zu zermanschen, werden dann aber von Omis Lieblingschallplatte gemeuchelt: Sobald *Indian Love Call* von Slim Whitman ertönt – eine Platte von 1952, auf der der jodelnde Country-Tenor Whitman ein steinerweichendes »Oo-oo-oo-oo, oo-oo-oo-oo« intoniert – platzt ihr Kopf und wird augenblicklich zu grüner Grütze. Und das möchte doch keiner auf weißen Galeriewänden abwischen müssen.

Peckl jodelt in der Regel nicht, aber seine Marathon-Moritat ist im Grunde die genaue Inversion davon: nicht das einschmeichelnde Säuseln, sondern das unablässig sich in die energetische Sprachzerhäckselung von Sinn- und Welthaltigkeit treibende Voranstürzen, um ebensolche Sinn- und Welthaltigkeit jenseits von onkelhaft ungefragten Belehrungen überhaupt erst wieder zu ermöglichen. Dem schnellen Reiz der flüchtigen Blicke setzt er den langen musikalisch-textuellen Riss in unserer Nüchternheit entgegen (*Ein Riss in meiner Nüchterheit* hieß die deutsche Coverversion, die Justus Köhncke 2016 von Tanita Tikarams 1988er Welthit *Twist in My Sobriety* herausgebracht hat).

Mir fällt zu diesem »Riss in der Nüchternheit« aber vor allem Sabina Spielrein ein, jene Russin, die Patientin C. G. Jungs in Zürich gewesen war, 1911 mehrfach an Freuds Wiener Mittwochsgesellschaften teilgenommen hatte, just in jenem Jahr ihre Promotion als Ärztin mit einer Dissertation über Schizophrenie abschloss und darüber hinaus noch einen Aufsatz mit dem Titel *Destruktion als Ursache des Werdens* veröffentlichte.

Darin vertritt sie die These, dass Sex mehr ist als bloß eine auf Lust, Befriedigung oder bzw. und Fortpflanzung zielende Betätigung, sondern vielmehr auch ein notwendig zerstörendes Element in sich habe, und sei es nur, dass die »Extrakte des Individuums« in Form von Körperflüssigkeiten abgesondert werden, eine Art Teilauflösung des Individuums. »Destruktion und Wiederaufbau, welche auch unter gewöhnlichen Umständen immer vor sich gehen, vollziehen sich brüsk«, schreibt sie weiter und erkennt in dieser orgasmischen Dynamik eine tiefergehende Bedeutung. »Es wäre unwahrscheinlich, dass das Individuum diese Destruktions- und Rekonstruktions-Vorgänge in seinem Organismus nicht wenigstens in entsprechenden Gefühlen ahnte.« Ohne dass es im engeren Sinne also um Libido und Sex gehen muss, könnte »Destruktion als Ursache des Werdens« – als eine notwendige Voraussetzung der Erneuerung – in die Gefühle und bestenfalls auch ins reflektierende Denken eingehen (Freud übrigens bediente sich bei Spielrein und baute auf ihre Gedanken seine polare Triebtheorie von Libido versus

Todestrieb auf). Und genau die Destruktion als Ursache des Werdens scheint mir bei Peckls Sprech-Sing-Sprech-Kanonade im Zentrum zu stehen. Es ist, als wäre Spielrein 1913 nicht nach Berlin gegangen, sondern wäre in Zürich geblieben und hätte 1916 beim Cabaret Voltaire mitgemacht. Und hätte dort dem dadaistischen Lautgedicht wieder Sinn injiziert, allerdings einen absichtsvoll verdrehten.

Von 2008 bis 2014 hat Peckl als Rampensau der vierköpfigen Formation The B-Men den Garagen-Trash-Punk-Rock'n'Roll zelebriert. Die Reduzierung auf Ton-Collage nebst Text-Collage ist demgegenüber zunächst scheinbar eine Selbstrücknahme, doch das Gegenteil ist der Fall. Peckls Monolog beginnt mit einem Eintrag von 2010 (die Textstücke sind je mit Daten markiert, die bis in die allerjüngste Gegenwart und darüber hinaus in die ferne Zukunft reichen, dabei aber keineswegs chronologisch geordnet sind), einem mantrahaft wiederholten »Jaja, wie versprochen war ich heute beim Arzt«, das jedoch in der Aussage gipfelt, er habe sich beim Arzt »den Samenstrang gegen die Stimmbänder tauchen nein tauschen lassen«. Diese Operation führt zu weiteren delirierenden Überlegungen eines möglichen transplantativen Tauschs, »Plan Dick Darm gegen Stimmbänder«. Die »orale Flatulenz« mag lustige Bilder wachrufen von Bassorgeltönen, die aus dem Mund tröten, aber auch hier ist Peckl nebenbei wieder an der Wurzel der Psychoanalyse. Denn Spielreins Ausgangsgedanke im erwähnten Aufsatz war ja, dass man sich zu erklären versuchte, warum Sexualität bei den Menschen nicht nur Wonne, sondern auch Ekel hervorrufen könne, und war dabei zunächst der Überlegung gefolgt, dass dies an der physischen Nähe der Sexual- und der Ausscheidungsorgane – den Manifestationen des Aussonderns des »Toten« in Form von Urin und Kot – liegen könne (siehe dazu auch die Collage auf S. 213). Doch Spielreins These ist ja, dass es die Sexualität selbst sei, die die unangenehmen Gefühle im Zusammenhang mit Zerstörung und Tod schon in sich trage. Peckl sagt in der Notiz vom 14. November 2012 (siehe S. 59) im Grunde genau das, in etwas anderen Worten: »Da, das Kommunikationskleid Glanz locker im Schritt, gleitend. ›Scheidenscheißer‹ ruft jemand mir nach? Arrghh, das ist arrghh doof und geht mir noch nah. Die Ekelgrenze, ganz oben ohnehin, hochrot unter uns, wird höchstens geschminkt, schön geredet.«

Nicht, dass sich Peckls vertonte Texte – stets mit Hingabe und akzentuiert rezitiert, rhythmisch hüpfend, zuweilen singend, immer auf die Verausgabung hin – einfach auf einen solchen (psycho-)analytischen Gehalt reduzieren ließen. Es ist ja eine Wendung der sexuellen Ambivalenz zwischen Wonne und Tod auf die Sprache selbst: Sie wird lebendig erst wieder durch die Zerstörung ihrer Sinnverkettungen, also auch jener, die allzu sehr zu dieser wieder sinnschaffenden Quelle der Analyse, der Hermeneutik des Verdachts, die Hysterie oder Neurose zuschreibt, führen würden. (Diese Dekonstruktion des Deutungsgebäudes wäre ja auch im Sinne der Deuleuze-Guattarischen Anti-Ödipus-Bewegung zu verstehen.) Das Gefängnis, die Anstalt »Psyche« wird wieder verlassen: »Das gefällt den Bakterien, den Viren. Sie ficken. Wie Film. Batterien entleeren sich. Vom Dach rutscht Schnee.« (Notiz vom 22. Januar 2021, S. 104). Das Flackern der Welt in den Pupillen wird nicht mehr bloß als Spiegel der Seele weginterpretiert, sondern vielmehr die Auflösung des Selbst auf die Welt hin als notwendiger Schritt erkannt. Der kontrollierten Deutung wird das entgegengesetzt, was dieser Kontrolle radikal enthoben ist, das »Speaking in tongues«, der Redefluss, das Sprachspiel, die Linie der Moritat und des Unsinns und der Übertretung, die von Rabelais über Dada und Brecht zu den kantigen Rezitatoren der jüngeren Gegenwart führt, von Klaus Kinski über Kathy Acker bis Blixa Bargeld.

Und was ist Ivar van Urks Rolle bei alldem? Er ist im besten Sinne ein Geräusche- und Soundtrack-Macher wie beim Film, der Bernard Herrmann dieser Moritat, die zitternd röhrende Blixa-Gitarre zu Peckls Schreiflüstern, das schöne Motiv und die Noise-Hässlichkeit. Dies legt nebenbei auch das offen, was ich schon eingangs sagte: Der Resonanzraum für Peckls Vortragsweise begrenzt sich natürlich nicht auf die Wiener Zirkel, auf Artmann oder Qualtinger, sondern ruft die Granden der post-punk-industriellen Destruktionsartisten auf, vom erwähnten Bargeld bis hin zu beispielsweise James Thirlwell alias Scraping Foetus Off the Wheel, alias You've Got Foetus on Your Breath. Oder um auch dies kunstgenealogisch wieder zu verorten: Wien und seine Nachkriegs-Avantgarden hielt und hält man auch nur aus mit dem anglo-amerikanischen Gegengift, den Post-Beatniks und Burroughs-Anhängern von New York über London und Ljubljana bis Berlin.

Die Überforderung der Aufmerksamkeit, die Zumutung für den Unterhaltungskontrakt zwischen Performer und Publikum ist immer auch Teil dieses Destruktions-Dekonstruktions-Spiels gewesen. Am Ende sind die Textnotizen bei zukünftigen Jahreszahlen gelandet. Erst am 1. April 2099 kommt es zu einer beinahe versöhnlich kakophonischen Coda zu doom-metal-haft voranschreitenden Gitarrenschlagzeugstampf, gipfelnd im letzten Mantra-Satz »A l l e s g u t e s o l a n g«. Ja, alles Gute, so long, soooo lang. Kommen Sie näher, kommen 'se ran, hier gibt's nix zu sehen, nur was auf die Ohren. Der schnelle Reiz wird zum langen Riss in unserer Nüchternheit. Peckl und van Urk haben es sich und uns angetan. Seien wir ihnen zu Dank ergeben dafür. Es ist schön. Es tut weh. Es ist schön. Es strengt an. Es ist schön.

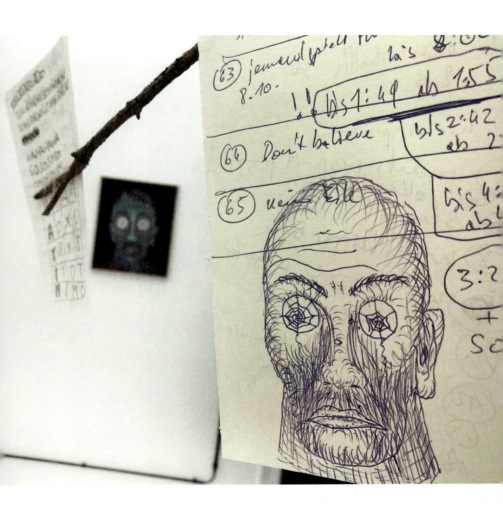

**Zwischen den Augen sitzt das Denken
oder
Wer wollte nicht die bunteste Brut?**

Ein Selbstgespräch als Anleitung

Manfred Peckl: Dr. Nackelpemf, du als ständige Begleiterin, Kuratorin, Psychologin und mein anagrammatisches Alter Ego führst durch das Buch. Was erwartet uns?

Dr. Nackelpemf: Dieses Buch ist ein wilder Ritt durch die Facetten des Schaffens von Manfred Peckl. Es verbindet Text mit Bild mit Skulptur mit Musik mit Performance mit Text mit Musik mit Bild mit Zeichnung usw. Der Künstler ändert dabei ständig seine Identität, wechselt die Maske und das Geschlecht.
Wir treffen auf Peckls Alter Egos, auf Anagramme seines Namens, welche die Autorenschaft der verschiedenen Arbeiten übernehmen. Die Portraits stammen von Panfred Meckl, die *Tourette*-Bilder von L. Meckerpfand, die Installationen von Kendra F. Clemp und Frl. Macke-Pend, das obszöne Werk von PC Ferkel Damn und Leck Man Pferd. Dazu kommen Fack DM Perlens abstrakte Arbeiten, Fred P. Leckmans performative Schweiß- und Speichelarbeiten sowie Illuminierungen von Der Lampenfeck und Krankheitsüberarbeitungen vor allem als Text von MDN Lepra Feck.
Die jeweiligen Zuordnungen sind den Bildlegenden im Anhang beigefügt, doch ich frage mich: Überforderung als Konzept, kann das gutgehen?

Manfred Peckl: Wir leben in einer Zeit der dauernden Reizüberflutung und sind gut geübt im Fokussieren. Hier liegt der Fokus auf Offenheit und Vielfalt.

Dr. Nackelpemf: Worum geht es?

MDN Lepra Feck: Das Buch beginnt mit »Samstag, der 14.«, also dem Tag nach Freitag, dem 13. Ein jemand ins Gesicht geschriebenes Unglück hat stattgefunden, der Countdown 13 12 11 10 9 8 7 6 5 4 und 1 2 3 zum Weiterlesen hat begonnen.
Tagebuchartige Einträge überwinden bald die Chronologie und springen von der Vergangenheit in die Zukunft und retour – quasi ein permanenter Handlungsübersprung. Das zu Beginn unzählige Male

wiederholte Versprechen, zum Arzt gegangen zu sein, mündet schließlich in Plan und Realisation einer Verstümmelung als vermeintlicher Selbstoptimierung.

Dr. Nackelpemf: Also gibt es direkte Bild-Text-Bezüge, einen echten Dialog zwischen den verschiedenen Medien?

Manfred Peckl: Ja, auf unterschiedliche Weise stehen die Abbildungen in direktem Zusammenhang zu den benachbarten Textpassagen sowie zueinander.

MDN Lepra Feck: Nachdem der Samenstrang mit den Stimmbändern vertauscht wurde, endet der Eintrag vom 5. November 2012 in einer lebenslangen Wahnbehauptung seit Geburt (»Wah Nabel, Wah Nebel«). Rückwärts gelesen gibt der Nebel das Leben frei.

P.C. Ferkel Damn: Durch das Bild *Der potente Künstler* wird der Wahn sexuell kommentiert. Das Bild bzw. die Landschaft ist wie mit einer zähflüssigen, spermafarbenen Flüssigkeit übergossen.

Manfred Peckl: Das Material des Bildes sind zu Streifen geschredderte Plakate aus dem öffentlichen Raum. In ihrer Neuanordnung wird die Profanität des Alltags gegen ein poetisches Statement eingetauscht.

Dr. Nackelpemf: Meint das ein Recyceln des Alltags durch das Recyceln von Alltäglichem?

Manfred Peckl: So funktioniert Kunst! Dazu kommt die Kontextualisierung – Inhalte werden durch Neuverortung anders gesehen und neu gedacht.
Nach einer Abhandlung über die medizinische Betreuung endet ein Leben und beginnt sogleich von Neuem als *Zombie*. Tiere, immer wieder auftauchende Vögel, kommen ins Spiel. »Laut Maus und laut Taube ist Wah Wah normal«: Hier wird der Wahn umbehauptet zur verzerrten Normalität. *Die Philosophie der Psychologie* schützt vor dem Angriff der Vögel.
Der Song *Bird Eat Bird* – eine Hommage ans Alltägliche, Selbstverständliche – wird mit dem Bild *Bird Is A Word*, mit unbekannten Wesen in traumartiger Landschaft, konfrontiert. Gleich darauf erwachen wir hart in einer Realität des Streits und des Geschreis.

Dr. Nackelpemf: Mit oft drastischen Mitteln, sprachlich wie bildnerisch, wird der gute Geschmack angegriffen?

Manfred Peckl: Schimpftiraden, Kannibalismus und Sodomie – ja, unbedingt.

PC Ferkel Damn: Zum Beispiel *Dick Tale*, eine aus Abbildungen rohen Fleisches collagierte Katze mit einem Penisschwanz, der auf den als Sonne dargestellten Anus einer gezeichneten Katze in *Irgendwo scheint immer die Sonne* weist, während im Text das falsche Tigerfell im falschen Gestrüpp den sich kosenden Matrosen Platz bietet. Der Spatz als ein Synonym für Penis – die Zeichnung *Trude* kommentiert die Collage *Karl, Friedrich, Thomas, Dirk, Volker, Maik, Justus, Ralf, Ernst, Arnd, Horst*, worin ein Kalenderschwein aus dem Boden wachsende Penisse frisst.

Leck Man Pferd: Wenn ein Mann mit Katzenaugenbrille *Muschi* sagt und das Bild auf der Nebenseite *Double Penetration* heißt, kann das durchaus verstören.

L. Meckerpfand: So wie die *Tourette*-Bilder, deren Ausgangspunkt Plakate aus dem öffentlichen Raum sind, aus denen die frohe Botschaft der Werbeindustrie Buchstabe für Buchstabe ausgeschnitten wird, und – neu zusammengesetzt – einen Strudel aus Schimpfworten bildet. Waschmaschinengleich wird hier im Schleudergang Unrat verhandelt – Scheiße, Ficken, Sau!

Manfred Peckl: Oder wenn wie in *Quadratur des Kreises: trabsakt* – ein Anagramm von abstrakt – Sprache nicht mehr sinnstiftend ist, sondern Vokale und Konsonanten wild durcheinandergewirbelt werden: abstrakte Sprache als abstraktes Bild.

Frl. Macke-Pend: In der Ausstellung *Tourette* konnte man alle Schmerzen *(each/ache)* durchschreiten, um dann mit den Schimpfbildern konfrontiert zu werden.

Fred P. Leckman: Der *Anger Ranger* verkörpert in Performances die Wut und den Zorn, er ist ein streitbarer Kämpfer für die Freiheit der Kunst. Mit dem *WORDSWORD*, seinem Wörterschwert, stellt er sich in die Skulptur *earth* und erklärt sich zum Zentrum der Erde (earth), zum Zentrum der Kunst (the art), und verlautbart dies (hear the art) aus vollem Herzen (heart), denn all diese Begriffe stecken in dem als Kreis moduliertem Wort »earth«, je nachdem, bei welchem Buchstaben man zu lesen beginnt.

Dr. Nackelpemf: Muss man auch zwischen den Zeilen lesen und Wortenden mit -anfängen verbinden, sie ins Verhältnis zum Bild denken?

Manfred Peckl: Der Text ist im Rhythmus des Sprechens geschrieben, oft als schnelle Wortabfolge, in der akustisch die Wortgrenzen verschwinden können. Wortenden und -anfänge können, neu verbunden, neuen Sinn erzeugen.
Das mündet häufig in eine Art von Stottern, ist ein Insistieren auf den Moment, ein Dehnen des zu Erlebenden, eine Entgrenzung des Ichs im Sprechakt.

Kendra F. Clemp: Auch die Wortskulpturen und -objekte ermöglichen einen Wandel in Wörtern, die Entgrenzung der Sprache.

Frl. Macke-Pend: Ein kreisförmig geschriebenes Wort kann sich auf diese Weise verwandeln: »shit/hits«, »schema/masche«, »krone/nekro«. Bei den zweidimensionalen Arbeiten wird aus formalen Gründen das gleiche Wort einmal wiederholt: »wordswords«, »angeranger«, »roserose«, »acheache«, »augenaugen«, »whowho«, »nownow« oder »einseins«. Das sind die Mantras.
Im Kreisen um das Selbst verändert sich das Sein: »eicheleichel«, »aberaber«, »uferufer«, »aktakt«.

Dr. Nackelpemf: Woher kommt denn die große motivische Bandbreite in deinen Bildern?

Manfred Peckl: Außer bei den Zeichnungen verwende ich meistens Materialien des Alltäglichen. In diesem Material sind bereits die Themen verankert und damit auch die Motive, die daraus entstehen. Bei den Bildern *I Love Art* und *Große Freude* folge ich dem Prinzip, aus jeweils allen Bildern eines Buches ein Bild zu machen. Sämtliche Abbildungen der verwendeten Bücher werden geschreddert, nach Farben sortiert und neu arrangiert, kombiniert zu Bildfindungen aus den in den Büchern enthaltenen Motiven. Die Textpassagen werden auf die Rückseiten der Bilder geklebt, damit sich das Holz nicht verzieht. Alles wird verwertet.

Dr. Nackelpemf: Das sind aber recht deformierte Figuren, die uns da entgegenstrahlen.

Manfred Peckl: Was überlebt in unserer Verwertungsgesellschaft? Nicht das Verwertete, sondern das aus dem Verwerteten Gewonnene. Das kann durchaus Narben haben.

Panfred Meckl: Die *Present*-Bilder zeigen diese Narben sehr deutlich. Das Geschenkpapier dient nicht als Verpackung, sondern als Bildraum. Komponiert aus vertikal laufenden Streifen geschredderter Gesichter und Hautpartien aus Modemagazinen kommen uns diese neuen Gesichter entgegen. Haben sie sich selbst konsumiert? Und dann wieder ausgespuckt? »Versteh' einer die andern.«

Dr. Nackelpemf: Nun ist der Jahreswechsel erreicht im delirischen Diarium. Was passiert?

Manfred Peckl: Auf textlicher Ebene wird gefeiert, keiner Regel folgend, drastisch.

Panfred Meckl: Gleichzeitig wird mit *Ode to No* darüber der Kopf in Sprachlosigkeit geschüttelt.

Kendra F. Clemp: Die *Skyamond*-Skulpturen landen als die Artefakte eines Asteroidenschauers im Ausstellungsraum bzw. im Buch. Sie sind beklebt mit Karten des gesamten uns bekannten Weltalls. Eine Superkernschmelze muss stattgefunden haben, die Unendlichkeit ist komprimiert in Urformen und Brocken.
Die Skulpturen *Atom* und *Hämatom*, Teile der *Skyamond*-Gruppe, werden zusätzlich über die Titel als Katastrophe versprachlicht. *Die Happy* zeigt den Moment des Einschlags in all seiner Schönheit.

Dr. Nackelpemf: Dann wird auf Kunstgeschichte Bezug genommen, werden Picasso und Konsorten ins Bild geführt, warum?

Manfred Peckl: Die künstlerischen Ahnen prägen uns, wir müssen mit ihnen umgehen. Ihre Bilder werden angeeignet und neu interpretiert.

Leck Man Pferd: Bei *Meat Hockney* sehen wir, was zum Splash führte – in *Meat Picasso* werden Pablo Picassos *Les Demoiselles d'Avignon* umarrangiert.

Manfred Peckl: Und das alles neben der Behauptung, solche Aneignungen zu hassen. Die Zelebration der Lüge.

Panfred Meckl: Das Prinzip »Ein Buch wird ein Bild« liegt auch der Serie der nachfolgenden Künstlerportraits zugrunde. Aus Künstlermonographien alle Abbildungen herausschneiden und schreddern, um daraus eigene Bilder zu erstellen. So kann man mit den toten Heroen zusammenarbeiten. »Fuck the youth! Fuck the truth!«

Dr. Nackelpemf: Und was passiert im Text? Wird hier auch zitiert und vereinnahmt, kombiniert und collagiert?

Manfred Peckl: Nein, gar nicht, aber ja doch, und doch nicht. Eine Urkraft, ein Ton, eine Tonfolge, ein Wort gibt ein anderes, dieses wiederum ein weiteres − und sie alle werden verdichtet, komprimiert. Ein stetes Reagieren auf das ständig Wachsende generiert Inhalt. Es sind oft kompositorische Entscheidungen, welche die Richtungen im Text bestimmen, rhythmische Abfolgen, Klänge und Übergänge.
Ein jazzhaftes Denken steht Pate für die Kommunikation der unterschiedlichen Ebenen dieses Buches. Das Bauchdenken ist dem Kopfdenken gleichgestellt. Und das Buchdenken verbindet Bauch- und Kopfdenken.

Dr. Nackelpemf: Um keine Rosengärten zu versprechen?

Manfred Peckl: Es ist eher so, dass gesagt wird, es würden keine versprochen. Das Angebot ist ein Abenteuerversprechen ohne jegliches Rückzugsgebiet.

Leck Man Pferd: Der *Rosengarten* ist ja gleichzeitig ein Eros-Garten, eine Rosettenassoziation.

Manfred Peckl: *I Never Promised You A Rosegarden*, *No Sun*, *Dunkle Energie*, *Aliens stehlen die Farben*, *Augen zu!* und *Colors Conquer The Earth Again* sind Wanderungen durch eine vor Möglichkeiten überbordende Welt. Die Blüten der Mohnblumen als Drogenverweis in *I Never Promised You A Rosegarden* sind aus den Städte symbolisierende roten Passagen in Landkarten erstellt, der Nachthimmel aus geschredderten Sternenkarten. Die Ordnung der Welt ist zerstört, es herrscht Orientierungslosigkeit. Der schöne Schein ist kein Trost mehr, sondern führt direkt ins Verderben.

Dr. Nackelpemf: In *No Sun* gibt es einen doppelten Auf- oder Untergang, einen Aufgang und Untergang wovon?

Manfred Peckl: Von keiner Sonne. Bei *Dunkle Energie* wird über die Strahlen von oben Farbe ins Bild geführt, eine Welt erschaffen. Bei *Aliens stehlen die Farben* hingegen wird die Farbe nach oben entzogen. Diese Bilderfolge mündet über Farbdauerregen in *Augen zu!* und *Colors Conquer The Earth Again* in ein Poesieversprechen: *Plan Aas*. Im Text wird der Januar zum Jaguar und initiiert für einen Moment Deckungsgleiche zwischen Text und Bild. Der Text reitet weiter auf wahnhaften Wellen, die mit *Pui Deo* zuerst überführt werden in einen Sprachflimmer nurmehr assoziativer Deutungsmöglichkeiten, dann in eine freisprachlich zu singende Passage münden und schließlich überführt werden in einen Doppelstrudel des Staunens. Worüber? Die Sprache: *Oh, oh.*

Dr. Nackelpemf: Das mutet an wie ein ausgedehnter Aufenthalt in einer psychiatrischen Anstalt – mit einer hohen Frequenz fieberhafter Phantasieschübe.

Manfred Peckl: Verhandelt werden hier Kunst, Gesellschaft und Umwelt, das Politische und das Sein.
Klar, dass dabei der Sog in die Untiefen der Vorstellungskraft manchmal recht stark ist.

Dr. Nackelpemf: In *Thoughts* legst du diese Untiefen frei, indem du Blätter aus Skizzenbüchern als Büsche im Ausstellungsraum inszenierst, dir quasi beim Denken über die Schulter blicken lässt.

Manfred Peckl: Es ist spannend, zu zeigen, was woraus entsteht. In direkten Blickachsen sind aus den *Thoughts* entstandene Arbeiten zu sehen.

Fred P. Leckman: Bei den *Contemporary Accident*-Performances der *Art Slaves*, bei denen ich wechselweise mit verschiedenen Farbdrippingmasken auftrete, wird das sehr deutlich. Das Überschüttet-Sein mit Farbe generiert Besessenheitsrituale. Außersprachliche Äußerungsformen in scheinreligiöser Anmutung verstören die Anwesenden.

Manfred Peckl: Hier geht es auch um einen Angriff aufs eigene Denken, auf das eigene Werk.

Kendra F. Clemp: Als Relikte, als skulpturale Elemente auf Ständern eröffnen die Masken im Dialog mit den Bildern neue Spannungsbögen. Die Bilder expandieren in den Ausstellungsraum, die Skulpturen werden zu Bildbestandteilen.

Dr. Nackelpemf: Ist das Überschüttet-Sein mit Farbe vergleichbar mit dem Sprachschütteln in deinen Texten?

Manfred Peckl: Das Überschüttet-Sein mit Farbe verweist einerseits auf das Teeren (und Federn) früherer Zeiten. Menschen wurden so aus der Gesellschaft ausgestoßen und für vogelfrei erklärt.
Es ist der Eintritt in eine andere Realität, befreit von allen sozialen Zwängen.

Dr. Nackelpemf: Und wie geht es weiter?

Manfred Peckl: Auf den Folgeseiten verharren wir in einer Art Duldungsstarre: Farbe läuft. »Allesgutesolang«.

Panfred Meckl: Die Bilderreihe *Bad Luck* bis *Bad Times* verwandelt fröhliche Menschen bzw. schöne Werbegesichter in Schreckensgestalten, Monster und Tierwesen. Die gute Laune wird ersteren gründlich ausgetrieben, indem die Gesichter partiell mit schwarzer Farbe beklebt werden. Das Schwarz stammt, wie auch die Gesichter, aus recycelten Plakaten.

Manfred Peckl: Auch wenn diese Bilder technisch gesehen Collagen sind, verstehe ich sie als Malereien. Die Aggregatsänderung, nämlich trockene, kulturell bereits verfestigte Farbe wieder zurückzuverflüssigen in einen Zustand der Bearbeitbarkeit führt zu Gewässerlandschaften und Farbflüssen.
Die Landschaften werden wiederum ob ihrer Schönheit angegriffen. Wir ertragen das Schöne nicht. Daher auch die Attacke aufs eigene Werk, zum Beispiel in *Hate Is Overrated, Who's Afraid Of White* oder *Artist Attacks Picture*. In der Folge schlägt das Schöne zurück – es greift in *Damage Done By Beauty* als in Streifenpop getarntes Malereibonmot das Bild an und endet schließlich in *Climax Change* als Sonnen- oder Weltuntergangsszenario.
Aber allen Enden zum Trotz endet das Schöne nie – alles tropft und fließt. Schön!

Dr. Nackelpemf: Warum wird die Attacke als Zitat gesetzt und nicht tatsächlich ausgeführt?

Manfred Peckl: Mich interessieren Möglichkeiten, die Vorstellung von etwas. Der zerstörerische Akt als solcher interessiert mich nicht beim Bildermachen – Zerstörung als Gestaltungsmittel aber sehr wohl.

Dr. Nackelpemf: »Herr Mann Nitsch« taucht auf, Blutstropfen – und Woody, ein auf einem erigierten Penis sitzender Specht, gefolgt von einem offensichtlich desorientierten, eventuell penisamputierten, vielleicht eingenässten Partyopfer: *Black Champagne* neben dem aus Strahlen komponierten weiblichen Akt *Das Sanfte zartet aus*, in dem ein Farbstrahl aus dem Unterleib die eigene Geburt aus sich selbst heraus darstellt? Daneben ein Songtext mit der Anfangszeile: »what's left is right«.
Ist alles austauschbar? Erfindet sich jede(r) selbst? Stimmt es, dass nichts stimmt? Wohin führt uns diese Achterbahnfahrt?

Manfred Peckl: Zusammenhänge entstehen auf verschiedenen Ebenen. Hermann Nitsch als Sinnbild des schüttenden Priesterkünstlers hält die Tür in die Welt der Körperflüssigkeiten auf.

MDN Lepra Feck: Die großen Gesten aber verkümmern hier, im Text wird das Blut von einer Katze aufgeschleckt, die mich, Manfred, sogleich als Mann verspeist, als Maus.

PC Ferkel Damn: So kommen wir wieder ins Gelände des Geschlechtlichen. Die Katze, die Muschi, der Penis, und – voilà, der Schmerz. Erst *Woody* und dann das von dir bereits beschriebene *Black Champagne*, ein Boulevard der Lust und der Grausamkeiten, der zuerst sprachlich zelebriert und dann mit *Gott* konfrontiert wird.

Manfred Peckl: *Gott* ist zusammengesetzt aus in Atlanten über das Weltall abgebildeten Supernovae – aus Sternennebeln und Milchstraßen, er/sie/es wurde befreit aus den Buchdeckeln der Bildungsbürger und zeigt uns den Stinkefinger.

Dr. Nackelpemf: Und du holst erneut den Himmel auf die Erde?

Frl. Macke-Pend: Ja, die mehrmals mit sämtlichen Karten des Universums beklebte Skulptur *Void* bildet allerdings ein Maximum unvorstellbarer

Katastrophen. Das Weltall mitsamt seinen Paralleluniversen landet als Meteorit in unserer Vorstellung und wird konfrontiert mit *Phenomenom*, dem sich ausdehnenden Universum in geschredderter Form.

Dr. Nackelpemf: Davon ziemlich unbeeindruckt dreht der Text weiter am Puls seiner eigenen Zeit. Leben und Lust mit dem Rumpfgeruch des Todes.

Fred P. Leckman: Die aus einem Hanfseil und Epoxidharz gefertigte Skulptur *Amen* – ein stehender Galgenstrick in *Death Can Dance* – diente bei den Unplugged-Konzerten mit meiner Band The B-Men zwischen 2008 und 2014 als Mikrofonständerersatz. Dieser visuelle Verstärker machte alle glauben, ich könne erfolgreich gegen die elektrisch verstärkten Gitarren ansingen.
Das Sich-Überanstrengen und Bis-zur-Extase-Verausgaben ist bei Konzerten und Performances ein probates Mittel, die Ungläubigen zur Kunst zu bekehren.

MDN Lepra Feck: Wenn in der parallel laufenden Textpassage aus der Pluralisierung der anagrammatischen Entsprechung des Wortes »aber« »Raben« werden, die sich zur »Narbe« wandeln, ist das nicht ein Überangebot an Sinnbezügen, ein Überstrapazieren des Publikums?

Manfred Peckl: Der Atelieralltag, das Überstrapazieren der eigenen Zeit und die Hunderte von Stunden am und im Bild sind die dazu passende gegenteilige Entsprechung.

Frl. Macke-Pend: Für die Ausstellung *Bad For The Youth, A Danger To God* habe ich aus Hunderten von Horrorfilmplakaten Wörter separiert und zu neuen Aussagen zusammengesetzt. Das Künstlerinnenduo Peles Empire hatte mich eingeladen, in einem Raum in London, den sie mit Drucken von Raumansichten eines Schlosses in Rumänien tapeziert hatten, in Dialog mit ihrer Arbeit zu treten. Das war so etwas wie Dracula meets Frankenstein.

Dr. Macke-Pend: Das Spiel mit Leben und Tod mündet stets in ein Ja zu allem. Kann das gutgehen?

Manfred Peckl: Ja! Unbedingt, und wenn nicht, war es zumindest nicht langweilig. In *Ja zu allem* lassen sich Gedanken lesen – Gedanken zu Sex und Tod, zu vielem, was auf einen einströmt. Gleich darauf wird mit einem Überangebot an Möglichkeiten zur vermeintlichen Gesundung Heilung angeboten. Wir landen zum x-ten Mal in einem Neubeginn, der mit stroboskopartigen Spinnenbeinblitzen den warmen Morgen festfriert.

Walk On Water On My Hands Again ist als Aussage in ihrem Übertreibungswert fast schon wieder sympathisch. Mit der subjektiven Wahrnehmung ist das eben so eine Sache.

wahrnehmen/falschgeben spielt genau mit dieser Dualität. Eine quasireligiöse Landschaftsdarstellung in sektenhafter Überdrehung – das schöne Meer, die Weite, Unendlichkeit, übergossen mit einem strahlendurchdrungenen Lilablassblau.

Dr. Nackelpemf: What?

Manfred Peckl: *Morgen geht die Sonne unter*. Ok, das tut sie jeden Tag – als gezielte Feststellung aber wirkt der Satz final, so, als ginge morgen die Welt unter. Dabei ist die Landschaft im Bild autogenerativ, erzeugt sich über die Strahlen selbst, indem diese ihre Farbigkeit ans Gewässer übertragen. Hier entsteht Welt.

Fred P. Leckman: Als Hoher Priester meiner eigenen Religion muss ich meinem Werk natürlich ausgiebig huldigen: *Huldigung*

Dr. Nackelpemf: Oder geht es um das Nichts? »Acryl auf Nebel, Öl auf Treibsand, Bleistift auf Bier« – wo liegt das Problem bei Harmonien? Kann nicht einfach einmal etwas gut sein und bleiben dürfen?

Manfred Peckl: Es geht immer um alles! Alles muss Platz finden. Die Leere ist doch unerträglich, die Harmonie immer nur für kurze Zeit aushaltbar.
Achtung – Langeweile! Wir brauchen die Brüche, sie regen das Denken an.

PC Ferkel Damn: Ist da einer geil oder denkt er das nur? *Horny*.

Dr. Nackelpemf: Brauchst du ständig Abwechslung? Kannst du nicht bei einer Sache bleiben?

Manfred Peckl: Ich nehme einfach immer alles. Alles hat aber viele Seiten. Jede Perspektive eröffnet neue Welten, die es lohnt, sich anzusehen. Ich plädiere für ein komplexes Wahrnehmen.

Wiederholungen manifestieren das Erlebte – Katastrophen etwa geschehen immer wieder. *Mann und Maus* zeigt eine dunkle Wasserlandschaft. Es gibt kein Schiff und keine Toten, trotzdem ruft sie der Bildtitel herbei.

MDN Lepra Feck: Als »Mann und Maus« wurde ich schon im Text verspeist, später mögen die beiden einander, hier ist es ihr Untergang.

Manfred Peckl: Auch in *No Oil On No Canvas* trieft die Farbe über das Bild, dringt ein – wird zur »Ölverschmutzung« einer im Titel verneinten Malerei ohne Öl auf keiner Leinwand.

Panfred Meckl: Es trieft immer weiter, jetzt die Nase. *Portrait Of The Artist As Young Artist* ist flimmernde Erinnerung an die Partyzeit der 1990er-Jahre – blutende Nasen, stets schweißnasses Haar, die Augen weit offen, der Kopf so klar.

MDN Lepra Feck: Im dazu parallel laufenden Text »exblutiert« das Gehirn … es tröpfelt hinauf.

Dr. Nackelpemf: Und schon kommen die Vögel wieder ins Spiel. Was ist da los?

Manfred Peckl: Mich nervt einfach, dass ich nicht mehr fliegen kann.

Dr. Nackelpemf: Sind Kultur und Natur einander Feind?

Manfred Peckl: Vom »29. Februar« bis zum »1. Schmerz« des darauffolgenden Jahres findet sich in den Bildern *Kunst im öffentlichen Traum* und *Luck* jeweils die verborgene Botschaft »FUCK«.
Ich habe die aus mehreren Exemplaren des gleichen Plakats eines Reiseunternehmens geschnittene Tropenwelt zu einer neuen Tropenwelt arrangiert. Auf den ersten Blick mag dieses Bild normal wirken, der zweite Blick löst Irritationen aus, das Paradiesversprechen legt die Paradiesverbrechen frei: FUCK.

Fred P. Leckman: Mit dem Musikperformanceduo Die!Landschaft, das ich mit Andreas Schlaegel seit Jahren ekstatisch pflege, verhält es sich ähnlich.
Die!Landschaft wiederum ist ein musikalischer Dialog, der ständig zu zerbersten droht an der Dringlichkeit seiner Existenz. Mit Schlagzeug,

Stimme und Looper rollen wir an Launenlawinen entlang. Die gesungene Antisprache ist aus dem Moment geboren und nur dem Rhythmus, der Energie und der Melodie dieses Moments geschuldet und verpflichtet.

Dr. Nackelpemf: Anger-Krone, Words-Schwert und Shit-Hits-Säule, sind die immer am Start bei Textperformances?

Fred P. Leckman: Nein, aber es macht Spaß, der König des Ärgers zu sein, der in der Shit-Säule, die zum Dollarzeichen wird, seine Hits singt.

Dr. Nackelpemf: Um damit loszuschimpfen?

L. Meckerpfand: Nein, Schimpfen ist etwas völlig anderes. Ist ein Bild wie *Fuck You All* aus der *Tourette*-Bilderreihe mit am Start, ist sowieso alles gesagt.

Manfred Peckl: Und ich kann den Fokus auf Poesie legen.

Dr. Nackelpemf: *Sometimes something's everything* – und von burn zu Björn zu *Cat Porn* ist es nicht weit.

Dendra F. Clemp: Ja, nein, und die *eicheleichel* landet auf der Straße. Für *Symphonie* habe ich die Mantras, in denen sich ein Wort in der Wiederholung zu einem anderen wandelt, als Sprachkreise auf einen Platz gesprüht. Bei dieser partizipativen Performance stand in den Kreisen jeweils eine Person, die das Wort, in dem sie stand, repetitiv rufen musste, so dass es sich wandelte. Ivar van Urk dirigierte diese Aktion und erzeugte durch gezieltes Einsetzen der Teilnehmenden eine schöne Kakophonie.

Dr. Nackelpemf: Bis die Polizei kommt?

Fred P. Leckman: Ja, »Gespräche mit Böden«, das »Gespräch mit der Wand«. Aus dieser Haftidee befreit sich der Künstler mit der Malerei-musikperformance *Ferp Can More* – einem Anagramm des Wortes »Performance«.
Anagramme sind Fluchtwege aus der Welt des Verstehens, Geheimgänge in die Welt des Geräuschs und der freien Assoziation.
Ivar van Urk an der Gitarre und ich an Mikrofon, Pinsel und Pinselperücke – eine gestische Arbeit laut, live auf transparentes Plastik

bannend. Das Publikum stand hinter der Plastikfolie und konnte den Prozess des Malens wie durch ein Schaufenster beobachten.

Dr. Nackelpemf: Wie landen wir wieder in einem Paradiesszenario?

Kendra F. Clem: Durch die im Text gestellte Frage nach dem Anfang. Das Paradies ist auch hier wiederum kein Paradies. *The Himalayas* ist ein aus geschredderten Atlanten, aus Karten der Ozeane und des Himalaya-Gebirges komponiertes Bild. Die höchsten Gipfel der Erde, zur Inselgruppe erklärt, sind bereits bis in hohe Regionen begrünt. Es muss viel Zeit vergangen sein seit der großen Flutkatastrophe. Ländergrenzen sind nun obsolet.
Die Skulptur *Hoher Watt* dagegen ist beklebt mit Landkartenstreifen der Wattenmeerküste. Die flache Erde hat sich zu einem Gebirge aufgeworfen. Katastrophe trifft Katastrophe – beide zu groß für den Raum. Der Maßstab der Karten und der Maßstab des Raums werden ad absurdum geführt.

MDN Lepra Feck: Entlang an tropischen Textpassagen mit Toten gelangen wir in eine Nachtlandschaft.

Manfred Peckl: *Diese Ruhe* – und der Himmel stürzt wieder ein. Es gibt keine uns bekannte Ordnung mehr, wir finden nicht mehr nach Hause. Fiebernd, in *Heavy Mental*-Manier, schreitet der Text weiter: *Amen, The B-Men* (mit Andreas Schlaegel, Marcus Sendlinger und Marc Bijl).

Dr. Nackelpemf: Wir befinden uns in einer Dauerschleifen-Weltreise und starren staunend gleichzeitig nach vorne und nach hinten, hinunter und hinauf, Tag und Nacht. Wir landen wieder in einem Landkartenbild, dem Motiv der Niagarafälle, in dem die Weltordnung neu verhandelt wird.

Manfred Peckl: Alle Küstenregionen der Erde landen hier im kanadischen Binnenland in der Wasserfallgischt. Wir können noch Städtenamen erkennen: New York, Barcelona, Lagos, Kapstadt, Colombo, Jakarta, Rio de Janeiro …
Die weltgeschichtliche Bedeutungslosigkeit der Menschheit wird uns in *Down Down Down* vor Augen geführt. In *One Night Stand, One Night Fall*, dem nächtlichen Pendant zu *Down Down Down*, landet alles im Sog des großen Lochs, der mittelalterlichen Vorstellung

vom Ende der Welt, nämlich dass das Meer in einen riesigen Schlund stürzt. Der Bildtitel übersetzt das Globale ins Private.

Dr. Nackelpemf: Werden Natur und Umwelt in ihrer Endlichkeit durchdekliniert, bis nichts mehr bleibt – »ausgerettet«, wie du an einer Stelle schreibst?

Manfred Peckl: *Zoo* führt uns das Dilemma vor Augen. Das schöne Tier, die Anmutung des Wilden, das Schaustück und das Opfer. Das Wort »DEMO« wandelt sich zu »MODE« und wird zu »ODEM«.
Die Stempelarbeiten der 1990er- und frühen 2000er-Jahre legten den Grundbaustein für viele der kommenden Arbeiten. Die Wortwiederholungen, welche die Wörter sich verwandeln lassen, bilden im Verhältnis zum Gezeigten Metaphern. Das Wahrnehmen ist vielschichtig: erst ein Wort, das in der Wiederholung ein anderes oder mehrere andere ergibt – dann das Motiv, das im Zusammenspiel mit den Wörtern neue Assoziationsmöglichkeiten eröffnet. Zum Beispiel *AUGENAUGEN*: Zwischen den »Augen« steht »genau«, und genau zwischen den Augen sitzt das Denken, darauf ziele ich neben dem Sehen. Zwischen den Augen sitzt aber auch der Blattschuss und alles ist vorbei.
Als Landschaftsbild steht *AUGENAUGEN* für genaues Sehen und dessen Reflektion. Ich habe damals wegen meines Lebenswandels so stark gezittert, dass ich keinen Pinsel ruhig halten konnte und musste aus dieser Einschränkung heraus etwas finden, das mir trotzdem ein relativ präzises Arbeiten am Bild ermöglichte. Mit den Stempeln konnte ich das gut handhaben und zwei meiner Ur-Interessen, Literatur und Malerei, verschmelzen.

Dr. Nackelpemf: Denken und Sehen sind nach wie vor zentrale Elemente deiner Arbeiten.
In vielen aktuellen Bildern flimmert und rauscht es, überdrehte Farbigkeit greift den zentralen Sehnerv an. Vielen wird schwindelig. Was fasziniert dich daran?

Manfred Peckl: Das ist für mich ein Erlebnissubstitut für die Zustände in jungen Jahren. Ich freue mich, wenn die Knie weich werden, wenn Dinge verschwimmen und die Sinne schwinden. Ich liebe es, wenn die Bilder zu leben beginnen und aktiv eingreifen in unser Wahrnehmungssystem.

Dr. Nackelpemf: Deine *Ja Nein*-Serie ist vorwiegend in Schwarzweiß gehalten.

Manfred Peckl: Die Gegensatzvorliebe wird ausgiebig gefeiert. Aus dem Tropfen, hier Sinnbild für Samen, werden Figuren, es entsteht Leben. Alles fließt – wieder ein Malereizitat – und wird aus dem Fließen generiert. Mann und Frau werden vereint in einer Figur. Leben und Tod werden eins, indem der Samentropfen sich wie bei der Zellteilung spaltet und zu einer Knochenform wird.
In *GERTI* – ein als Anagramm von »Tiger« getarnter Titel – wird zusätzlich der Bildraum gedehnt. *Alles Bunte ist Bildung* lässt einen fast erblinden bei längerer Betrachtung, es kann Minuten dauern, bis man wieder klar sehen kann. Die Skulptur *Jade für jede* wackelt marionettengleich im Ausstellungsraum.
Bilder zu machen, die sich dem Sehen entziehen, mutet absurd an.

Dr. Nackelpemf: Von der übersexualisierten Darstellung der Figuren mit ihren großen Brüsten und Penissen gelangen wir dann mit *Kinderwunsch* zu einer abstrakten Komposition. Wie kommt es zu dem Titel?

Fack DM Perlen: Dieses Bild ist eine Komposition aus simulierten Farbtropfen. Die Assoziation an tropfenden Samen liegt nahe. Der Samen des Künstlers ist natürlich bunt. Wer wollte nicht die bunteste Brut?

Dr. Nackelpemf: Die dann unverständlich brabbelt? Und wir stehen im Wald?

Manfred Peckl: Nein, gar nicht, jede Äußerung hat ja eine Ursache und einen Grund und ist schon allein darum nachvollziehbar und verständlich. Die Kopfreise könnte filmschnittartig von jetzt auf hier in andere Settings zappen, tut sie aber nicht. Ganz im Gegenteil folgt der Sound seiner Form – diese morpht, mäandert und tönt im Mehrklang pausenlos und salvenartig Sinn. An gewissen Schnittstellen setzen sich Bilder fest, greifen ein, bestätigen das Geschriebene oder strafen es Lüge, lenken es um die Ecke und führen es weiter.

Dr. Nackelpemf: Ist das so zu verstehen, dass ein Wort das nächste gibt, vielleicht ein Streit entsteht, der dann befriedet werden kann oder von einem Bild weiter befeuert wird?

Manfred Peckl: Genau so oder so ähnlich. Auf »Kein Wort in kaum Wald«, eine Ruhesituation, folgt eine Arbeit aus der Serie der Staub-, Schmutz- und Erd-Aquarelle. Ich sammle Staub und Schmutz von verschiedenen Orten, Kirchen, Gassen, Ausstellungshäusern ... und aquarelliere mit dem Staub und Schmutz Pflanzen, die am Fundort in ungenutzten Bereichen der Zivilisation wachsen. Unkraut, Wild-vegetation – Natur wird zur Kultur erklärt.
Das Widerständige als Sinnbild für poetisches Dasein öffnet in den *Dirt*-Blättern den Blick auf die Stärke der Zartheit.

Dr. Nackelpemf: Und dann bringst du den Reichtum des Lebens durch den Galgenstrick *Amen* hinüber zum Tod?

Fred P. Leckman: Nein, wieso? *Amen* ist ein Instrument des Memento Mori. Ich besinge die Fülle des Lebens im Bewusstsein um dessen (Un-)Endlichkeit.

Manfred Peckl: Wie aus dem Staub und Schmutz die Pflanzen wach-sen, entsteht aus Vergangenem immer etwas Neues. *The Future Was Good* bespielt eine erinnerte Hoffnung an eine gute Zukunft. Was daraus wurde? Ein Bild. Die Sonne wird ja wieder aufgegangen sein.

Der Lampenfeck: Wir werden aber konfrontiert mit der Aussage, Angst zu haben vor dem Licht, und gelangen in eine Abfolge dunkler Bilder.

Manfred Peckl: *First Second Black* ist wieder ein aus dem geschredder-ten Schwarz von Plakaten erstelltes Bild. Die immer gleich breiten Streifen meiner Pinselstärke werden leicht überlappend aneinan-dergeklebt. Vom fertigen Bild nehme ich die Struktur des Reliefs als Zeichnung ab. Collage, Frottage: *FR: 1.2.B.*
Die Umkehrung des Arbeitsprozesses, Zeichnung nicht als Plan oder Skizze, sondern röntgengleich im Nachgang als Kopie herzustellen, beeinflusst den Bildaufbau in der Collage. Folglich bestimmt die Zeichnung vor ihrer eigenen Entstehung das Bild, von dem sie spä-ter abgenommen wird kraft einer Zukunftsvorstellung. Durch unter-schiedlich starkes Abreiben steuere ich in der Frottage die Dunkel-heit und kann so einzelne Merkmale hervorheben.
Das Prinzip ist bei *Tomorrow It Will Rain* das Gleiche. Hier gibt es aber zwei Frottagen – eine, bevor der Regen ins Bild gearbeitet wird: *FR: TIWR1*, und eine danach: *FR: TIWR2*. Die Spielkartenspiegelung im Bildaufbau vertauscht Oben und Unten. Man kann sich auf den

Kopf stellen, der Perspektivwechsel führt zum gleichen Erlebnis, nur regnet's jetzt hinauf.

Der Lampenfeck: *Dark Times* wird vom Sonnenuntergangslicht illuminiert. Die Lichtwanderung des Tages nimmt aufgrund des Reliefs wesentlichen Einfluss auf das Erscheinen der Bilder. Dramatische Lichtsetzungen verändern die Landschaft massiv.

Manfred Peckl: Die Frottage *FR: DT* folgt durch die Stärke des Abriebs eigenen Belichtungsentscheidungen. *Echoe Or Psycho?* bringt den Ton ins Bild. Aus allen Richtungen kommen Geräusche. Der Lärm der Straße auf 3.000 Meter Höhe? Wandergruppenpalaver, übertüncht vom Krach eines Rettungshubschraubers? Der Schuss eines Jägers? Ein Steinschlag? Der Wind?
Die Silberstreifen am Horizont teilen den Himmel.

Dr. Nackelpemf: Die Berg- und Talfahrt geht weiter. Während der Text in menschliche Untiefen driftet, bieten die Weltreise-Skulpturen Aussicht auf gute Laune?

Kendra F. Clemp: Unbedingt, die Skulpturengruppe *Around The World In A Word* ermöglicht – vorbei an Afrika, Südamerika, Asien, Europa, Nah- und Fernost –, die Welt im Spaziergang zu bereisen. Wir wechseln den Kontinent in einem Wort. Sprache ist also schneller als der Schall. Sie ist ein die Menschen ebenso verbindendes wie trennendes Element.
Einander-Verstehen ist abhängig von Abmachungen. Kunst aber hält sich nicht an derartige Vereinbarungen. Ein im Kreis geschriebenes Wort, das seine Bedeutung ändert, je nachdem, bei welchem Buchstaben man zu lesen beginnt, bietet Möglichkeiten des Verstehens und des Nichtverstehes. So wandelt sich »baku« zu »kuba«, »lima« zu »mali«, »siena« zu »asien«, »denver« zu »verden«, »golan« wird »angola« und »tokyo« zu »kyoto«. Zwischen diesen Begriffen folgen die Buchstaben scheinbar keiner Logik: »ukab«, »imal«, »enasi«, »erdenv«, »olang«, »otoky«.
Auf einer Reise verstehen wir nicht immer alles, das Fremde wird jedoch vertraut, wenn wir uns damit beschäftigen.

Dr. Nackelpemf: Die Welt dreht sich aber weiter und beschleunigt die Mechanismen des eigenen Untergangs. Dieses Kreisen findet seine Entsprechung im Sog eines *Tourette*-Bildes.

L. Meckerpfand: Manchmal ähneln sich positiv und negativ. Die fröhliche Farbigkeit in *Lass uns Freunde bleiben* täuscht vordergründig über den negativ konnotierten Inhalt hinweg. Wir kennen den schönen Effekt, wenn jemand wie versteinert ist ob der Überraschung, dass etwas ganz anders ist als vorher gedacht.

Dr. Nackelpemf: Im Text lese ich »Die ganz bösen Sachen entspringen Vernunft!« Der Song *Cool For Fools* bestätigt das lautstark, aber laid back.
Die Welt dreht sich weiter und beschleunigt die Mechanismen ihres eigenen Untergangs. Die Dringlichkeit der Textpassagen lässt einen sprachlos zurück.

Kendra F. Clemp: Sprachlosigkeit lasse ich aber nicht gelten und zeige die Erde als Sprachobjekt *earth*.
Wir wissen bereits, »earth« wird zu »heart« zu »the art« und zu »hear«. Die Liebe, die Kunst, die Erde.
Diese Skulptur steht zentral im Raum, der Schriftzug ist Dutzende Male in Farbe darauf umlaufend geschrieben bzw. gemalt. Am Zimmerdeckenrand sind reihum Shapes in Form tropfender Farbe installiert, auf denen die Farbe nach unten läuft. Die Kunst ist eingedrungen, läuft von den Wänden. Dazwischen hängen Bilder mit in sie eindringenden Farbdripping-Behauptungen, die in die Realität des Bildes eingreifen und als Tropfen zur Sonne werden können, die hinter den Horizont fällt: *Climax Change*.

Dr. Nackelpemf: Draußen im Text ist es besorgniserregend, drinnen im Text spielt die Freude Klavier.
Von Anfang an werden wir konfrontiert mit Extrem-Emotionen in Extrem-Situationen – pausenlos stürzen die Momente ineinander, orgiengleich.
Gelten die Zeichnungen dem Ausgleich? Bringen sie Ruhe?

Manfred Peckl: *Looking For Love* ist kinetisch. Der Strudel, in den die Dame blickt, lässt sich drehen. Da ist nichts mit Ruhe, das ist eher Hypnose. Der daneben stehende Text überstülpt die Zeichnung wie wild.
Why Think? steht für den Versuch, sich abzuschalten: Augen zu und malen!

Dr. Nackelpemf: »Zurecht liegt aller Hoffnung auf Kunst.«

Manfred Peckl: Ja sicher, so ist das. Der Farbenpflücker *Looking For Gold* weiß das und versucht, sich zu bevorteilen, kurz bevor das Buch zu Ende ist.

Dann noch ein weiterer Song, ein weiteres Bild, eine weitere Lüge: Der Song ist von Van Urrgh, das Bild zeigt Die!Landschaft.

Dr. Nackelpemf: Was mich noch nach den Tätowierungen fragen lässt.

Manfred Peckl: Die meisten sind alt, aus den 90er-Jahren. Ich fand die Totenkopf-Tattoos meiner Freunde doof. Mich interessiert das Leben mehr als der Tod.

Eine Entsprechung fand ich in den Pflanzenmotiven: Löwenzahn, Breitwegerich, Efeu, Distel, Huflattich, wilder Meerrettich, Klee und Gänseblümchen sind Pflanzen mit vielen Eigenschaften. Manche sind Heil- und Giftpflanze zugleich, andere wachsen überall wie Unkraut und sind unzerstörbar. Auf einem Bein trage ich eine große Brennnessel als Übersetzung der Flammenmotive, die viele haben. Dann kamen die Insekten dazu, meine Welt zu beleben: Fliegen, Ameisen, Spinnen, Wespen, Wanzen, Falter und die Käfer auf meinen Fingern, die da dauerkribbeln. All das steht für Leben. Pflanzen wachsen aber nicht auf den Lebenden ... der ewige Kreislauf.

Das große »HEART« vom Hals bis zur Scham ist mein Credo und steht, wie wir nun wissen, auch für »EARTH« und »THE ART«

Dr. Nackelpemf: Vom 29. März ins 30. Herz bis zum 31. Murx bewegt sich alles auf die Entlassung aus einer Klinik hin. Ist das alles wahr?

Manfred Peckl: Bis zum 1. April – ja.

PC Ferkel Damn: *Give A Shit.*

Manfred Peckl: Allesgutesolang

Panfred Meckl: Allesgutesolang

Kendra F. Clemp: Allesgutesolang

PC Ferkel Damn: Allesgutesolang

Der Lampenfeck: Allesgutesolang

L. Meckerpfand: Allesgutesolang

Fred P. Leckman: Allesgutesolang

MDN Lepra Feck: Allesgutesolang

Frl. Macke-Pend: Allesgutesolang

Dr. Nackelpemf: Allesgutesolang

Salz auf die Wunder
Manfred Peckl

13. 12. 11. 10. 9. 8. 7. 6. 5. 4.

1. 2. 3. November 2010 (00:00 min)
Jaja wie versprochen war ich heute beim Arzt

4. November 2011 (01:48 min)
Wie versprochen war ich heute beim Arzt wie versprochen war ich heute beim Arzt wie versprochen war ich heute beim Arzt wie versprochen war ich heute beim Arzt wie versprochen war ich heute beim Arzt wie versprochen war ich heute beim Arzt

5. November 2012 (02:10 min)
Wie versprochen war ich heute beim Arzt und habe den Samenstrang
gegen die Stimmbänder tauchen nein tauschen lassen. Wieder ist alles
viel schlimmer als noch. Ja doch, alles klingt wie immer wie zerr kratzt.
50   Licht, Räume, wie von Stimmen von Sinnen von Freuden und gleich wieder wach.
Wah Nabel, Wälder, Wah Nebel, Stadt.

6. November 2013 (02:44 min)

Du Dummer! Weise stellten sich wider Erwarten Krach doch Kompli-
kationen ein und der als Stimmbändersatz und -verstärker gedachte
Samenstrang, in den hohen, ah, Tönen, oh, so toll, fehlt an meinem
au!gestammten Platz wie sehr. Meine durch Fehl- und Übelbelastung
verknoteten Stimmbänder eignen sich zur großen Überarschung nicht
für das in Frage kommende Wunder unter Funkton im Unterleibleib-
leib. Die sehr engagierten Brüder der Schwestern, höflich noch fröhlich, teils schön, teils gewöhnlich, genau wie die ganz zeitlich rüden
Ärzte unterstützen mich wie wund, er wie sie, so sie das gönnen.
Jetzt, nachts, davon, dass von allen Seiten das Wirklicht als wirklich
behauptet, im Liegen zu stehen sei. Alles davor versucht und gefunden,
verworfen. Gesunden! Die Ausscheidung ge, ja ge troffen zu haben,
den Samenstrang zur ückzupf lanzen, ruckzück! Dafür aber, darauf
freue ich mich wie sehr, der intimativen Körperfunkton Ideal irritie-
rende Gier anzurufen, den transplantatativen Tausch zu machen, Plan
Dick Darm gegen Stimmbänder. Lachen. Nie gesungene Bässe her-
hoffe ich, Krach Ende, zuck Ende Leib/Winde. Totale Extase, orale Flatulenz, Flöten, fanale Konversation. Dass keiner das vorher ja wollte?
Rahmt einer nach dieses Glück? Sahne, Fanfaren wehen weit her.
Wah aus Gedärmen aus wah wah Gehirnen wah wah.

6. November 2014 (05:14 min)

Alles Erhoffte ist eingetreten, schneller als er wartet sie nicht. Jedoch, was ich nicht bedacht hatte: Schaden; die Klinik möchte Rechnung stellen und geht nicht auf mein Angebot ein, eine Erkennungs-
harmonie zu entwickeln, nein. Schön lang Samt durch die Peristaltiken
zuwürgen zur ständigen Aufzugs-, Flur- und Treppenbeschallung in
Zahlung zunehmen, abwürdig. Man staune, stöhne, furze und rülpse,
stürze sich auf die Banausen, Bananen werfend, Banales blaffend.
Selbst das Angebot, meinen besamten Körper nach Ableben der Wissensaft und ihren Führern zur Verführung zu stellen – abgelehnt, weil
kaum zu gebrauchen. Teile des Körpers noch vor dem Tod zur Übung
für Studenten/Studerpel, Talente/Talerpel, freizugeben, als abgelebt
gleich abgelehnt. »Man findet das Ideal nicht außer der Norm«, lässt
jemand Stimmen absagen.

Den Körper als Ganzes, sofort, für Herrn Professor Spatz von Protz, Oberanästhet, Leader of the Bang, persönlich und ausschließlich – in Ordnung – uund schuldenfrei, spießbezüglich, aber Wissensaft geht anders, Wirtsaft geht anders, denke ich, hätte ich laut schreien sollen. Hätte bitte Köpfe Pfütze. Alles nur Spaß. Das sind keine Künstler! Ich will mein Gel zurück! Und sage nurz Ipfel. Pfuhl! Martyrium tremens. Derm Ensch keine Stütze. Pfuitaufel! Algo mas, oh Chisten aller Lenden beleidigt euch.

7. November 2013 (07:38 min)

Alles bestens, nur dass diese ohnmächtigen Chirurgen nichts taten, den scheiß Geruch aus dem Darm zu bannen, nicht spannend, Bananen. Keine Spülung, kein Bad, kein Odeur, nur Kloake. Derm und ist jetzt ja der darmnächsten Öffnung zur Welt nächste Hoffnung. Das war so gewollt, man sieht es, nein! nicht! und als Künstler macht einen das einzig, totsächlich. Die Töne sind weltniegehört doch gewöhnlich. Routine des Lebens; privat ist das hochproblematisch. Gar nicht so sehrsexuell, die tägliche Nähe, der Alltag, die Allnacht; beim Füttern der Kinder, sie unterscheiden nicht mehr, nicht gut und nicht böse, nicht Duft, nicht Gestank. Sei's Währung, sei's Nahrung/Fäkalien, sei's dunkel sei's hell. Ist alles erträglich, sei's drum. Gemunkel, vertraglich vereinbart, zwei Bärte, Einblick. G. horcht nicht, wenn man fremdspricht: »Hallo Riesenwesen, husch hübsch aus den Träumen ins Leben«, gehaucht, nur geflüstert, schon flattert's, schon flüchtet's, das Aroma ein Graus. Sandalen den Herren, von dannen die Damen, ohne die Namen auch nur zu erahnen. So graut dann kein Morgen November dezenter und alles ist laut. Laut Maus und laut Taube ist wah wah normal und ich glaube das auch.

(09:52 min)

BIRD EAT BIRD

WE BELIEVE IN A PIGEON RELIGION
WE BELIEVE THAT BIRDS CAN FLY
WE BELIEVE IN THE PIGEON RELIGION
WE BELIEVE IT HURTS / WE CRY

WE BELIEVE   IN THE GODS OF DOGS
WE BELIEVE   THAT FROGS ARE FROGS
WE BELIEVE   THAT GOOD IS GOOD
WE BELIEVE   IN WHAT WE SHOULD BBB

BIRD EAT BIRD

WE BELIEVE   MEN CAN WALK
WE BELIEVE   MEN CAN TALK
WE BELIEVE   IN WHAT WE SEE
WE BELIEVE   IN BLASPHEMY BBB

BIRD EAT BIRD

WE BELIEVE   IN THE HOLY NOISE
WE BELIEVE   THAT BOYS LOVE BOYS
WE BELIEVE   THAT BIRDS CAN FLY
WE BELIEVE   THAT WE MUST DIE BBB

BIRD EAT BIRD

8. November 2012 (11:23 min)

»Sabine, Sabine!«, schreit nachtlang ein Mann und ich schlage nach seiner Stimme mit meiner, dass keine Sabine erwacht und ihn rettet. Da stand ich längst nackt auf der Straße und streckte den Arm nach dem Irren – Hals, Zunge schon fest in der Hand, nen Finger im Auge, der Pimmel verstand und verstummte, blieb liegen Kopf Süden. Da kommt wer herunter trapp Trampel und schreit, dass ich schiele, ihr Egon sei tot. Darauf muss ich grinsen und grunze »gone south«. »EGONEGON! Wach auf für die Liebe«, keift blöde die Ziege, schon gehn sie nach Haus. Ich schreib einen Tanz an am Himmel und »Erde zu Erde« sagt einer, der wirft mit Geranien nach mir, also sterben – nicht hier.

Dann kurz noch zu schlaffen, gescheitert. Das Schöne zu träumen, nein, nichts. Augen offen, Nerven blank, jeder Ton, der kleinste Lichthauch, und mein Herz schlägt Kolibri.

So heiß ich mich aufstehn, kalt duschen und denke, das Schlimmste zu denken sei schlimm.

WHAT'S THE WORST YOU CAN IMAGINE?
WHAT'S THE WORST THAT YOU CAN DO?
WHAT'S THE WORST / IF MEN WERE MAGIC
WHAT IF IT WAS UP TO YOU
WHAT IF IT IS JUST TOO TRAGIC
WHAT IF

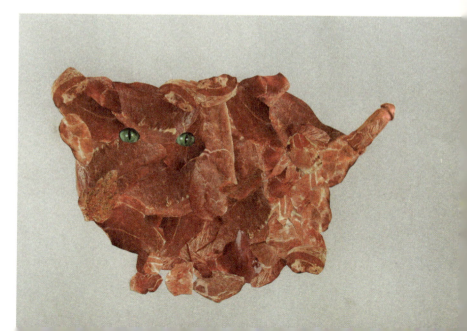

Papperlapapp, nächste Frage, holterdiepolter Gestolper krawumm.
Nächster Tag die nächste Freude alle Freunde wach wach wach.

9. November 2011 (13:35 min)
**Auf! Auf die Augen! Auf! Auf dich! Aus den Fenstern auf die Türen, alle
sollen alles hören, alle sollen hören/spüren, alles was es heißt, dass gilt.**

10. November 2010 (13:53 min)
**Nichts gespürt, genug gehört, »zum Schreien ist's«, das rufen die,
sie grölen das, sie lallen. Und ja doch, doch, fast klingt's fröhlich, bei-
nah weich. Nur die Augen zu, leicht die Töne dämpfen, die Fenster, die
Türen nur schließen, schon löst sich in Zaunkronen Tosendes auf. Trifft
der Stein das Fenster/Klirren und schon wieder laut laut laut. Start
wütendes Brüllen im falschen Fell Tiger ins falsche Gestrüpp, dass 100
Matrosen sich lauthals triebkosen. Passanten, Applaus. Hier spült hin
Regen Bewegung. Wir reiten auf Wellen rasender Launen. WAH in den
Büschen, WAH Wassa Marsch! WASSAMARSCHWASSAMARSCHWAS-
SAMARSCHWASSAMARSCH. Nein, keiner kennt sich hier aus.**

11. November 2009 (15:00 min)
Ist links oben? Rechts der Mund? Haare, Waden, Nase, Magen, was war gestern, wo ist jetzt? Links Sabine? Egon rechts? Wessen Seele bläst der Wind? In wessen Bauch wächst wessen Kind?

12. November 2010 (15:20 min)
Ich sage nichts!

13. November 2011 (15:29 min)
Über'm Himmel liegt mein Herz. Durch Bäume gestrauchelt kommt runter ein Vogel ins Haupt, das Sturzflug zu Boden ins Gras knallt und brummt. Bringt Nachricht und Nahrung. Kleid, Storch oder Rabe, zu unscharf Kontur. Den will ich mir braten, tagtäglich. Tatsächlich verrät mich das Tier bei den Damen und ich muss Fuß auf Fuß fliehen, selbst Tier.

14. November 2012 (16:12 min)

Türen knallen, dank der Pillen freier Wille und die Zeit zu gehen da. Da, das Kommunikationskleid Glanz locker im Schritt, gleitend. »Scheidenscheißer« ruft jemand mir nach? Arrghh, das ist arrghh doof und geht mir noch nah. Die Ekelgrenze, ganz oben ohnehin, hochrot unter uns, wird höchstens geschminkt, schön geredet. Da spricht mich ein Mann an, sehr dick, rote Backen. Ich denke an Äpfel, doch will ich die stehlen und lasse den Dicken, er tänzelt, da stehen. Schon weg, nie gewesen. Gekicher, Gewieher, kein Pferd / keine Äpfel. Klar nähm ich auch dieses. Das Fleisch so schön rot, die Backen so groß. Doch unscharf (die Pillen), weit Sicht kein Komplize, ne Katze, ne Maus. Ins Dickicht verfolgen? Gelogen! Ein Spatz fliegt dazwischen und witsch an die Scheibe, da matscht's, schlittert runter und aus statt des Nagers, Palaver: Ham se dit jesehen? Hab ich, muss gehen.

15. November 2013 (18:00 min)

Alle Schweine bei mir melden, ich mach euch heute noch zur Sau!

16. November 2014 (18:11 min)

Gefrorene Hundescheiße? In den Arsch geschoben? Mitten auf der Straße? Eine Gruppe? Menschen? Künstler? Hier? In Berlin? Eine Sekte? Religiöses Ritual? Warum? Schon öfter? Wirklich? Täglich? »Das muss ich sehen«, ruft rennend mein Neben. Alle geben sich hin, bis ein er sagt: »Nein, nein, das dürft ihr nicht«, da werden's noch mehr. Die Fäkalisten, so nennt sich die Gruppe, versteinert und staunt. Sie sagen gar nichts, man soll aber fragen, spricht schön vor die Presse, die Priester: »Bis hoch in den Magen? Von da ins Gehirn?« Hier Klagen, da Fragen.

Es gibt aber gar nichts, es gibt nichts zu kaufen, noch nicht. Noch nicht, hoffen viele, die Kirchen, Museen, die Schulen, die Diebe. Souvenire der Tiere.

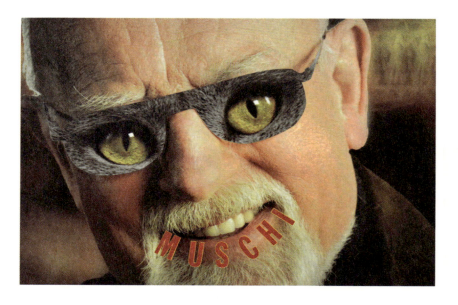

17. November 2014 (19:27 min)

Kranke Scheiße! Wer denkt sich so was denn aus? Verkaufen die Nieren, als wären's Ballons. Souvenire der Tiere, als wären's Friseure, weltweiter Profit. Kneifen Kröten am Kragen, diese Proleten. Resonanzköter Tanzkörper, verordnet von Herzen, ein Arzt. Franz von Herzen, Haus und Hof schwarz, der Hofstaat das Pack. Perfides Getöse. Wah wumm wah wumm und wah wumm.

Warum man nicht zur Ruhe findet, warum man keine solche braucht, worum sich immer alles dreht, warum man vieles nie versteht. Erwartung Gestammel, die Haltung längst krumm. Wir kleckern mit Säften sanft blau rote Flecken. Das Leben, die Kraft, treibt rot hoch rot die Tatassen, steht auf laut, schwellt und schreit. Bellt und hechelt, lacht und bettelt. Rotzt, heult in Becher. Hoch, dass Tassen bersten, zwei Keime, Zweibeiner, Ultra-Urin, Quittenspende, Alarm, Sanctus Samen, Bananen, Dame, Schach Matsch.

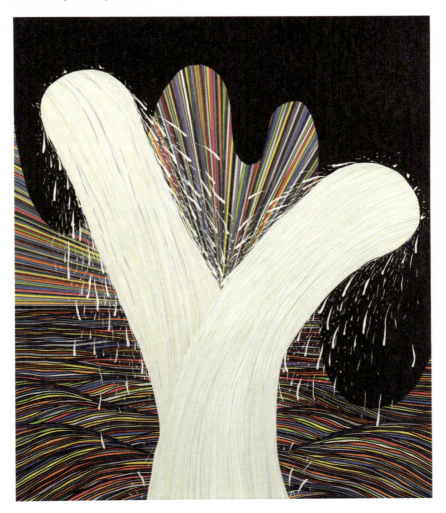

19. November 2016 (21:30 min)

Trotz der allgemeinen Verwirrung hängen zu Tausenden Wesen bei Samen. Zusammen bereden sie Reden. Projekte zur Bequemung der Selbstzersetzung. Bedingungsbestimmungen, epigonämische Teilzentralisierungsszenarien in und um die Körper wiederbeleibter Samen der Ahnen. Mögliche Einwirkungen auf was man noch nicht weiß, und ob man das merkt. Dann, ob die Täter Mütter Föten, ob das Wasser lange reicht. Obst für alle, sagen Boten, doch sie bringen faules Fleisch.

20. November 2017 (21:15 min)

Schweiß.
Auf Balkonen stehen wir, laut Namen rufend und dann immergleich »NEIN!« Ja, jemand schreit: »Wahrum denn Haupt und über«, durch die Hände, »Walther, Erika?« Pistole? Kartoffel! Wah wumm! Warum schreit Mann Kopf an Wände, warum schreibt und malt man da? Die Primfarbe Blut tropft Trost hin die Zukunft. Hinter diesen Bildversprechen reden immer noch wir was wir wollen. Nur darum malen wir! Ja. Nur darum reden wir! Ja.
Wah wumm, da dumm!

21. November 2018 (23:14 min)

Kristallklirrer Blick. In diesem Herbstwinter schwärmen Gold/Silber Fischpisser auf Eis. Fangfrische Frösche, Kaulquappen, schöner Schimmer. Viele schwanger, egal dieses Wunder. Heut Abend gibt's Suppe, die schmeckt, dass wir schwören; auf Wasser, auf Fleisch. Die Poesie der Fluchtspuren im Schnee taugt nicht für länger – es taut. Die Urinmalerei der Viecher für kaum wenig mehr Zeitstand. Nur Hauch noch zu sehen. Oh weh Sonnenstrahlen, Nadeln, Dolch Mark und Bein Schrecken, im Echo ein Fluch. Der Klang nach Erwürgen, man spürt es direkt. Trotzdem strecken wir Zungen weit Hals laut aus Häusern, sind lüstern wie eh. Wir erwarten noch welche. Alte Weiber, alten Mann. Die zeigen JA alles und röcheln und schon sind wir dran. Bitte würgen bitte schlagen bitte zeigen bitte mehr, bitte lügen bitte spülen bitte fühlen bitte sehr.

22. November 2019 (24:56 min)

Wer nicht kam, war nicht alt, wer nichts kann, ist nicht weit. Kommt näher, wir küssen schnell weg hier. Prägendes Neben. Dies Leben spielt Stücke in geistfernen Sphären, schwebend/treibend. Passivparadiese. Verdammtes Pastell! Bitter, die Nachbarn verwöhnen einander mit Schleim, Milch aber spucken sie Grab, obwohl sie mich lieben, grob eben seit klein.

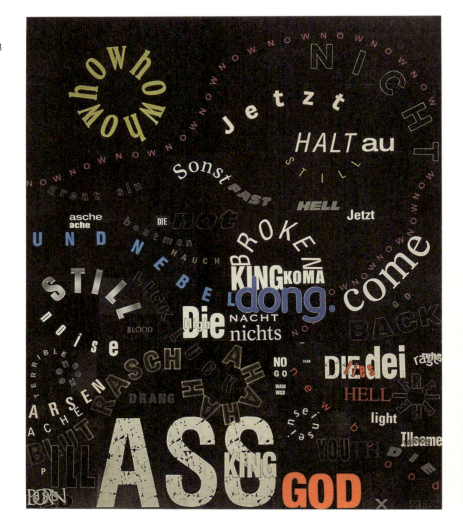

BAD FOR THE YOUTH

MY PSYCHIATRIST HE TOLD ME
THAT I'M REALLY NOT OK
THAT I MIGHT BE A DANGER
IN A CERTAIN WAY
MY MOTHER ALWAYS TOLD ME
OH BOY YOU'RE NOT OK
YOU WILL BE A DANGER
ONE DAMN DAY

A DANGER FOR WHO
A DANGER FOR WHAT
I AM BAD FOR THE YOUTH
AND A DANGER TO GOD

DOCTORS, MOTHERS, GIRLS
SECRETS IN MY WORLD

23. November 2020 (26:37 min)

Alte Leier, neuer Wahn. Dieser Zukunft Wärter tritt gegen die Sjetzt, spielend Sicht auf, verkrampfend jedoch, sehends Scham Schlappe, Mund Docht, er geht die Sjetzt an. Lippe. Wie Keiler, die den Boden koitieren, Menschen, die Bäume bestöhnen, Strauchliebe, Heckenhatz, Schuss! Rottung. Die Sjetzt ausgerettet!

Man sahne und staune, schwärme und lehne sich lächelnd zurück. Blick nach vorne, denn morgen gibt's Blutbier, gibt's Klöße, gibt's Zucker, Gift, Wein. Was wir dazu fragen? Ja? Nein!
Der Gegenwärter schlägt sehr hart zurück.

24. November 2020 (28:30 min)

Schon wieder Dezember, alle weinen nackt in den Straßen, rutschen auf Knien einander herzwund. Kerzen und Lichter, Glühdüfte und Schund. Sie singen, naja. Lasst die spinnen fliegen saugen, Lastvieh Schimmel, Esel! Kuh! Fressen, saufen, schreien, raufen und brennen die Räume, auf Knall wieder Ruh. Nur messerspitz glitzert's und glänzt nervös in der zuckenden Hand nach. »BARBARA! NEIN!!!«

25. Dezember 2021 (30:24 min)

Das neue JA wird bald schon beginnen. Nur sechs Mal noch schlaffen, erklär ich den Kindern. Sie fragen wie weit. Inzwischen bereite ich Euter, viel Butter zu Brei. »Hallo Riesenwesen«, flüstern hoch Himmel mich Maden behäbig, die Mädchen sagen JA/nichts. Mit Fischsilber lässt keine sich ködern. Straßenhunde aber hecheln mich an, die Beine pissgelb, Bisswunder nah Mund, dass ich fortschrei Getier Maul um Auge den Tod durch Höchstschmerzen jawoll. Eingeweihte verdrehen Gesehnes, verlangen Revanche. Doch ich bin's, der blutet, der Streit / keine Bleibe / kaum Zeit, der stottert, der schreit.

26. Dezember 2022 (31:27 min)

Und immer so weiter, so weit ist die Zukunft. Die Antwort kommt spät. Die Brut ist befriedet für den erschöpften Moment. Eingeweide locken Hyänen/Geruch. Die lachen mich tot und ich töne wild wah wah wah Löwengebrüll, halb Wahnsinn, halb Mann.
Halt. Stelln Sie sich vor, was passiert, wenn's mich freut mit Freund Sigmund freut's Martha reut's Liese, wär's Liebe? Wär's Spaß? Wärn's große Gefühle? Wär's Totschlag, Macht, Hass? Ja genau. So ist das dann eben, genau, voll daneben. So lass ich der Liese Freund Siegfried Sarg heben Grab drehen und treibe mich um nach Geburten Nachrichten Nacht Nebel nach Dung. Die Toten sind dumm!

27. Dezember 2021 (32:38 min)

Alles schläft. Dumm. Dumm auch, warum, denn keiner ist müde, nur grundlos sehr leer. Wah wumm guten Morgen wah wumm hallo wach. Wacholder Wachkoma, Aroma Zahnfäulnis, Aroma Urin, kalter Rauch, schlaffe Leiber. Der Mundgeruch Hunde, tausend, das nasse Fell Tiger, Glibber, die strumpffeuchte Sünde, der Sumpf. Ein soo schönes Wort
S   Ü   N   D   E
schön
S   C   H   A   N   D   E
und schön
S C H L E C H T E   M E N S C H E N
All das in den Nasen, den Ohren, trotzdem keiner wach. Versteh einer die andern.

28. Dezember 2020 (33:58 min)

Wir sprechen in Tierlauten, ist grad hochmodern. Das Regenwurm-matschen, das Gatschen, das Prasseln, brandneu im Programm. Hervormodern die Töne der Erde, das Leichensekret dient mir Tier hier als Speichel, erlerne das Sprechen ganz ohne die Zunge, man kann ja nicht wissen, wie einem geschieht: Bakterien, Barbaren, Kusswunden, Tierbiss. Möglichkeiten und ihre Abarten. Wenn kein Mensch mit einem mehr spricht – man will sich doch äußern; das Wetter / das Essen / die Schmerzen / der Tod, noch.
Am Boden liegend, in halmdünne Höllungen rufend, grunzen – wohl doch keiner da, muss man zirpen, pfeifen, trillern, bellen, brüllen, muhen, tröten, man muss röhren, man muss knurren, fauchen, quaken, krähen, schnurren, deutlich fiepen, krächzen, schmatzen wie blöd gurren, blöken, kratzen, noch mal blöken, Summen summen, grunzen, blöken, schnurren, tröten. Denn erst dann tut die Erde sich auf und man bettet sich richtig. JA, um den Tod muss man bitteln, so dumm das auch ist.

29. Dezember 2020 (35:40 min)

Dem Irrweg der eigenen Stimmspuren folgend, nachjapsend, Unwege hechelnd, den Konsonanten abfolgend stolpern, die Augen, die Ohren gerötet, die Zunge längst blau, faul – eine Krankheit, lächeln fiebernd herüber ein Pfrd, n Lchs, Ktz und Ms, ne Schlnge oh, n Mlch, ne Kh,

Flgn, der Strch, ne Gns, n Schf, n Schwn, Hrsch, Spnn, Sptz. All dieses verschlingen die Augen, die Ohren, der Mund. Wir teilen mit Tieren die Viren, das Essen, das Bett.

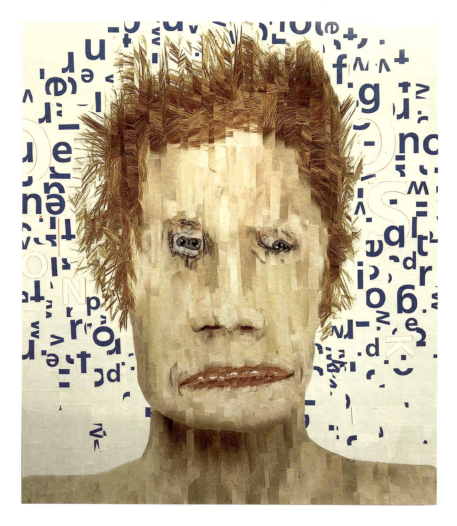

30. Dezember 2019 (36:40 min)

In andern Gasthäusern der Erde ruft irgendmann jewann: »Hr Wrt, vr Br!«, oder so ähnlich. In den Spelunken heißt's kalt: »Schtz n Schnps, zck zck.« Ich speise Salat mit den Lieben, leicht plaudernd, die schönen Gedanken in blubbernden Sphären, trinke mein Wasser und freue mich sehr auf und über, dass wenn weil und teile das mit. JA, die Leben sind schön.

31. Dezember 2019 (37:27 min)

Die reine Freude, terzhöchste Extase schon einfach zu atmen. Die Kälte ist toll. »Let's go breathing«, singe ich unter der kaltkalten Dusche kein Lied nur Gestammel. Du Güte, es blüht das Blut in den Adern zu ganz großer Frucht. Die Erektion steht mir ins Gesicht – geschrieben. Vulva, Möse, ich denke an Brandung, an Brüste, an Po, an Bauch und an Beine, den Hals an der Leine, an Geier und Stier. Ja, nein, ich frage mich, was das denn nun soll; bricht ein, in die Oase der Lutschphantasien, der Totenvogel. Und was kann der Stier?
Egal, es ist das Kalte nichts als kalt, es ist egal, es blitzt, es knallt. Alle falln sich um den Hals, ich reiße reiße fest die Leine, manche stürzen von Balkonen, andre spreizen jetzt! die Beine. Menschen, Tiere Sensationen, alle jammern, alle stöhnen, sobald das JA zu Ende ist.

1. Januar 2018 (39:12 min)

Er hält kein Geld. Schund, Raketen, Schande, Schlammschlacht bis Mitterlicht, lacht nicht. Gesichter Schampanja, es knallt. Längst wollten wir schlafen, dann fiel es uns ein: Sein. Wir hatten doch Waffeln und eins gab die Zwei, ein Blick, blöde Frage und rundherum Lärm, da bellt wo ein Affe, mir zappeln die Nerven, dem baller ich's heim. Sein Blut an den Latschen, der Augapfelbrei, verlier ich den Boden, hör einen noch rufen, ich sei so ein Schwein, ich solle verrecken, ein Schuss, dem ins Bein. Einfach so.
Die Ärzte sprechen wie Priester. Einfach so.
Ikonen der Werbefilmindustrie reichen Hostien, Tupfer, Skalpell. Hostessen Hornissen, Scharfrichter, Schäfer Katzen, es reicht. Einfach so. Tasmanische Teufelsfliegen verdecken das Licht. Einfach so. Keime sprießen, Dreck, Blut. Abfließendes Wasser, kein Strom. Einfach atmen, einfach so.

2. Januar 2019 (41:19 min)

Noch glücklich, doch böse. Erwachen. Was macht mein Körper wieder hier? Welche Sprache, welches Land? Ach, zu Hause, Krankenhäuser. Ja, da bin ich geboren, da komme ich her. Noch nie konnte ich Heimat verstehen, belegen Herkunft, Nation. Dort meinen sie's gut mit Bandagen mit Fragen mit Seren mit Fernsehn. Sirenen schrein: »Honig mit Tee«. Mitten drin die Ichs all der Leute, in Wohlfühlaromen, ein Nebel das Leben / »mehr Tee?« Hat keiner erlebt, dass irgend sich ändert, hat keiner gelebt und gesehen was kann. Aber wenn ich schon da bin: »Macht mir doch auch gleich das Fett und die Falten, die Augen, das Kinn, die Nägel, das Hirn. Bereitet zum Aufstehn ein Blutbad, normal. Guten Abend.« Narration.

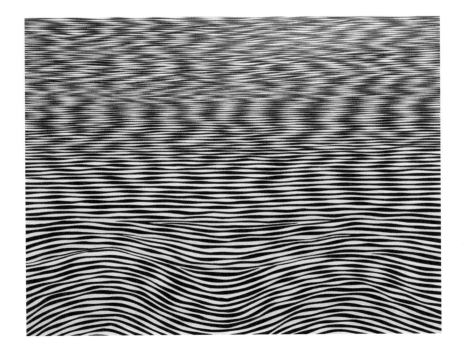

3. Januar 2020 (42:47 min)

Längst alles verheilt und geahndet, alles wartet, weil. Während ich hier lag für's Menschsein, damit das Leben nicht alt sieht, damit die Lüge nicht leckt, sind Jahre vergangen, kein Tag. Wir müssen vorsichten in Zukunft. Dem Wind keinen Duft mehr abschwenken. Lassen.

Dem Wald das Dunkel glauben, ja rauben. Dem Boden aber, nie vertrauen. Keine Einsicht, weil. Keine Nachsicht, weil. Und immer so weilen, bis keiner stirbt. Nein!

4. Januar 2020 (43:50 min)

Seil, 20 Meter, Munition gegen den oft blöden Blick, Proviant für drei Leben, sonst nichts.

5. Januar 2019 (44:07 min)

Die Flucht ist verschoben, die Gründe verboten. Rot wird zu Rosa, Weiß wird zu Beige. Die geneigten Freunde liegen flach.

Alles verschwimmt im Verschwinden. Im Rasen ist Zeit, diese teilt Wunden in kleinere Wunder, bis nichts davon bleibt. Der faule Zauber erweist sich als echter als echter. Das Schwindelgefühl noch die schönste der Lügen. Erregend, wie zart. Kein Witz guten Morgen, kein Spaß gute Nacht.

Schlechte Nachricht: schlechte Zähne, und da fällt's mir ein, heute ist
ja JA-Tag der Lymphe, Welt-JA-Tag der Drüsen, JA-Tag der Schmerzen,
Hurra! Medizin. Das freut, klar, die Ärzte. Das Feuchte trainieren / Drai-
nage, die Ärsche massieren. Ja, falsch! Es ist JA-Tag, doch JA-Tag der
Musen, Welt-JA-Tag der Kunst. Überall Seide und klebriger Schleim, die
Frustgesichter lecken an Gullis nach Inspiration, von den dreckigen Lippen liest jemand »Hurra«. Man hört was, da ist nichts, man sieht was,
ist's fad oder dämlich, ist's Leersinn, tut's tut, dass es weh tut, ist es
schön / schon bedenklich, das meiste haupt nichts / muss nichts heißen
weil schlechte Kunst gibt's nicht, nur Kunst oder keine, der Künstler ein
Schwein und Kunst ist für Schweine.
Und! Was mir wirklich auf die Nerven geht, persönlich, allallnachts/
allalltäglich, weltallallvertraulich, sind die Zitatewichser, die Prominenz-
verwurster, die Arrangeure nun nicht mehr so. Alle, denen selbst gar
nichts mehr einfällt, scheiß Schund!

7. Januar 2017 (47:35 min)

Atelier
Bussibussi
Cellulitis
Derrida
Epigonen
Fabelwesen
Genitalien
Hoch hurra
Irritieren
Janusköpfe
Kunstgeschichte
Lalala
Monetäres
Notarielles
Oldenburg
Picabia
QLHOOQ
Rausch und
Sex und
Tintoretto
Unisono
Video
Warhol
Xenophile
Yogajugend
Zebrazuchtzentrale**Z**

Fest stecken die Alten in Körpern der Jugend wie leicht. Die Toten er-
hitzen den Einkopf, das Hirn, Zone Jubel wie weich. Vielleicht ...

FUCK THE YOUTH
FUCK THE TRUTH

FUCK THE YOUTH
FUCK THE TRUTH

8. Januar 2018 (49:00 min)

Zum Frühstück gibt's Flittchen mit Speck. Die Narben erst spät zu verstehen. Zum Glück gibt's noch Nachschlag, noch schmeckt's.

Ein Teller, eine Tasse, ein Glas in die Fresse, eine Gabel, eine Faust, ein Messer im Bauch. Der Notarzt, sehr freundlich, versorgt mich vor Ort. Der Stich nicht zu tief, ich solle mich schonen. »Dididididie Popopolizei« – stottere ich, Splitter im Mund, schiefe Scherben, die Schuld ab – setzt Sigrid jetzt fest. Sie schimpft und sie schreit und droht, mich zu töten, sie droht mit dem Namen, sie droht mit nem Ahnen, sie dreht auf die Fahne, jetzt droht sie der Sonne, dem Mond und dem All. »Alles nur Spaß«, sage ich ihr und stürze zu Boden – Theater.

9. Januar 2018 (50:13 min)

»Aufwachen! Herr Peckl, Herr Peckl, Sie leben doch noch.« Ich lasse sie reden. Ich weiß, wo ich bin. Um mich herum Röcheln, ein Duft wie Pantoffeln: Spital zum Heiligen Leib.

10. Januar 2018 (50:45 min)

Bleib! Alles ist gut, alles super, beste Laune, wieder fit. Sigrid ist sicher. Ingo, nein, Ingrid heißt die Dame in Weiß mit dem verschwommnen Gesicht, der unscharfen Kontur, er scheint mir recht dick und sie spricht nicht mit mir. Ob sie das ist, der heilige Leib? Sie fühlt meinen Puls, er blendet die Augen, sie tut mir kurz weh (keine Spritze), schon geht es, kein Wort. Heute ist der 10. Jaguar gestorben, höre ich mich diesen totsagen und ich brülle laut: WAH.

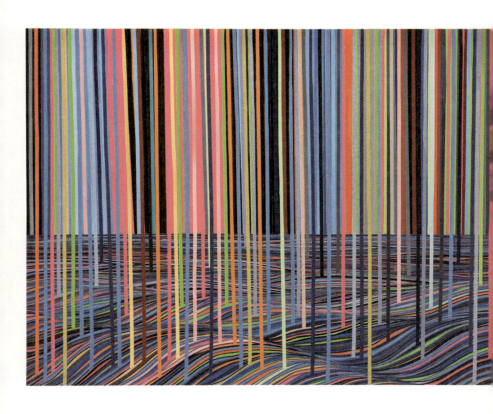

97

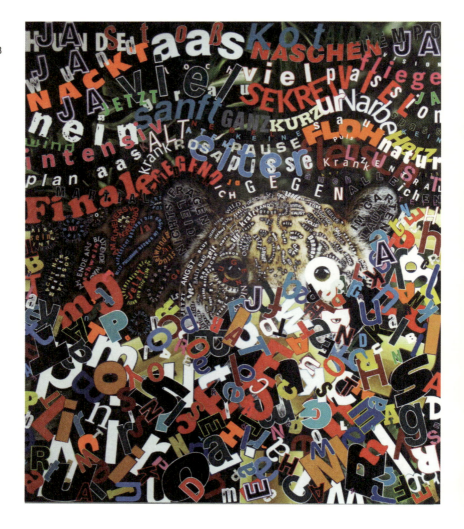

11. Jaguar 2019 (52:08 min)

Wahrscheinlich ist immer noch alles egal. Totale Affirmation auf den Bäumen. Die anderen Tiere starren. Sie starren zum Firmament. Ein Stück weit im Trüben liegt unruhig im Dunkel mein Horizont. Dort, ab der Gürteltierlinie ist nichts mehr fern und niemand fremd. Gleich weit, gleichgültig wohin.

EVERYTHING I TOUCH IS TURNING INTO GOLD
EVERYONE I LOVE IS NEVER GETTING OLD
EVERYTHING FANTASTIC EVERYTHING SO GREAT
EVERYBODY NASTY NO KING NO QUEEN NO HATE

12. Jaguar 2020 (54:03 min)

Wo die Freunde nur bleiben? Ist es nicht Nacht? Wo sind die Sägen, wo die Feilen? Wer schlägt die Axt? Wer traut sich, zu schreien, wer lächelt zu weilen? Das Sehnen, wer kann es verstehen? Wer stellt sich dem Raben, wer stellt sich den Krähen? Welche Farbe hat Warten?

13. Jaguar 2019 (55:30 min)

Ich höre den Strom fließen, den durch den Wald, den durch die Wand, das Strömen der Tränen, das Strömen verhallt, und ich trinke den 13. Jaguar in einem Schluck aus. Strohhalm, Klammer. Der Wald weicht der Hand. Zwischen den Fingern ist's weiß, die Wand also bleibt. Ich versuche zu stehen. »NEIN«. Ich pfeife nach dem Gürteltier. Auf seiner Linie will ich liegen. Nichts, klares Nein. Trillrä den Jäger, die Spinne, den Schoß, pfeife auf's Tier und renne drauf los. Gemein, wie der Boden verrutscht: »NEIIIIN!«

14. Januar 2018 (57:28 min)

Vertuscht, wie gewischte Nebel, verflixtes Seelengewäsch. Unschärfebastion, relativ dunkel, relativ ruhig. The Verwandten palavern vom Wandern. Ich glaube kein Wort, die Sinne auf taub, ab oder runter, ja, würgen und schalte stumm um.

15. Januar 2017 (58:02 min)

Sturm:
Es bricht Staub aus der Kälte, doch riecht es nach Schnee. Die Zeit spricht herein. Es staubt, Zeit vergeht. Männer kippen vornüber, sie spucken Schnecken, verbringen die Zeit, wringen Minuten aus Stunden. Wie konnten sie nur − trotz der Schmährede − eindringen hier? Durch

den Schneegeruch? Nein. Der 5. November! Flashbackyard Narkose, von hinten herein und das heimlicht im Licht. Na wartet auf Strafe: Die Salamanderpsychose macht jeden ganz klein. Für alle Zeit geht alles dann schnell.

16. Januar 2016 (59:13 min)

Zwischen deinen Beinen treiben Zwerge ihr grausames Spiel. Sie pflücken Insektenzungen, damit die Erde ruht. Das stößt mich ab und ich stürze kotzüber in die eigene Pfütze. Tut tut mir das leid, denn es spritzt dir auf's Kleid und vorbei ist die Ruhe.

17. Januar 2000 (59:59 min)

Muss man immer bitter sagen, muss man Fröhlichkeit ertragen? Jeder Arzt sagt ja was andres, Drama, schade, Schock im Schlaf, welche Seuche, alles Neue, viel zu teuer, viel zu schwer, diese Leute, Kopf und Kragen, fette Katze, kein Gehör.
Ja, bitte Gewitter, ja, bitter, so sehr.

18. Januar 2017 (1:00:58 min)

Die Flut ist verboten. Das Licht reicht nicht aus. Die Nacht abwehren, die Sinne schärfen, die Zähne, die Krallen, gebt allen Bescheid! Vorboten betonen den Boden zu Eis, dezimieren die Spuren. Verbot! Zement auf/ab wegen. Abwarten heißt's in der Kälte, dass vieler Hoffnung schmilzt. Nur darum erfriert nicht gleich jeder, nur darum sagt keiner laut: »AU«.

19. Januar 2018 (1:02:05 min)

Auf der Zunge kriechen vier, die klingen uns ähnlich. Sind wir das, die Krieg schrein, die alles zerrütten, vierteilende Güte, frohlocken und spein? Wund fliegen drei Falter zurück in den Hoden, zwei Samen weit werfend, nur ein Samen keimt. »Das glaube ich nicht«, höre ich mich sanft segnen, beginne zu singen, doch weiß ich nicht was.

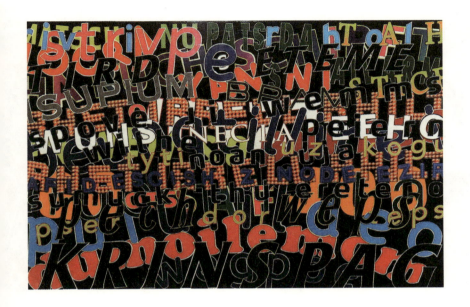

(1:02:50 min)
HROMBALLANU ZÜKITOPI NUTEWAMM KOPUFUDA
PÖBULITZE QUÄSTRUCKIMME JACHO LÖPPE ONDRUTSUM
UNDTRUTSIKA RUNTRABRUTZ JAKULATSE LATIZUTSCH
PANNYKLÖNG PANNYKLÖNG PANNYKLÖNG

PRJEMBLJEPP HOPSTU KOIDUSSE DULLÄ LU
NA DULLE LU GUTTOPUSTA ZUKTSINO KA
PUMMIRU KAPUMMIRU
JILIX ÄLGRA MÜTRÖCK Ö PARROTULKIMA HORMO TE
URIVALLA HOPSTI KALLA DONGA BUXE KRAMM MOHE
ROZTA KALTUSH LAPTAPANG PALLATÄNG PANNYKLÖNG

PANNYKLÖNG PANNYKLÖNG PANNYKLÖCK
PALANTAPAM PALANTATAM PALANTALAM

20. Januar 2019 (1:03:51 min)

Tärätärätärätärä, jetzt die Deppen bei mir melden, jetzt die Ärsche, tätärä, der nächste bitte, gleiche Treppe, tätärä tätätärä. Tätärä kommt jetzt in Gruppen, tätärä die Schufte, Schurken, tätärä die Täter tätär, tätärä tätätärä. Die Polizei ist nicht zur Stelle, nicht die Rettung, Feuerwehr, Militär, tätärätätätätätä tätärätätätätä.

(1:04:23 min)

DEAD DEAD DEAD

WHY SHOULD I STILL LOVE MY LOVE
NOW THAT SHE IS DEAD DEAD DEAD
NOTHING CHANGES BUT THE NAMES
THAT'S WHAT SHE SAID DEAD DEAD DEAD
DEAD DEAD DEAD DEAD DEAD DEAD DEAD DEAD
DEAD DEAD DEAD DEAD DEAD DEAD DEAD

21. Januar 2020 (1:05:10 min)

Mittlerweile Langeweile ist der täglich Stress erträglich, Schädel Teppich, Kopf durch Wand, alles dreht sich, darum lieg ich, denn wer schon liegt, der fällt nicht mehr. Doch bei Tisch bin ich gesittet, JA dadada kommt sie schon: »Brust oder Schenkel, Kragen, Flügel?«, fragt flugs die Serviererin. Es schmeicheln Drüsen den Augen, tanzen und fliegen mir um die Ohren, oh, die Stimme ist männlich, Tenor. Behaart sind die Finger, die Arme, was ist hier im Tee? Was sind das für Spiele? Die Suppe, gewöhn dich, mit Schamhaar garniert. Die Ohren der Dame, die Nase, die Wangen, beim Bart des Azteken, behaart wie ein Wolf. Ganz von Mannen, wie Mäuse, wie Katzen, schmiegsam, doch stark, stürzen Kosehühner auseinander. Husch, husch! Hose runter, Hände hoch, die Köpfe rot. Schön paart sich der Jäger/Eber, Bauer/Ziege, Koch und Kuh, die Magd, der Hengst, ... die Schwalben, sie schauen weg, sie schauen zu, je nach Laune und Herkunft/Milieu. Längst sind nicht alle Gäste gegangen, noch Gänse zugegen. Da sagt die Chefin zu mir: »Du Hund!«

22. Januar 2021 (1:08:35 min)

In diesem Stall bezeugen es alle noch jedem. Weltartentournee durch die Innereien der Leiber. Erlebniseinstimmig mit »sehr krank« benotet. Die Evolution steht nicht auf der Seite der Lust, denn dort stehen schon wir unsere Körper – Mann/Frau, Kraut/Rübe, MannOMann, keine Kräuter/kein Gemüse. Körper nebst Körper, wer grade dabei ist, Frigid oder Siegfried, ob Mensch oder Unding und Ingrid und Ingo, ob Ding oder Tier.

Die Kollegen Wissensaftler sprrrringen ins Feld, befrrrrruchten und fluchen. Kaum, dass was klappt, flüchten alle in Angst vor sich selbst und einander, verlieren sich und tun, als seien sie Menschen im Weltstall. Ja, das gefällt den Mäusen, den Flöhen. Das gefällt den Bakterien, den Viren. Sie ficken. Wie Film. Batterien entleeren sich. Vom Dach rutscht Schnee. Langsam dringt Äußeres ein. Der Gaul und die anderen Tierminister verlieren die Nerven, verlieren das Fell. Die Kollegen Tierpfleger sammeln sie auf und geben uns auf. Sie sagen »NEIN« zu allem, was wir stöhnen. Die Kollegen Psychologen verhöhnen die Welt. Sie sagen »NEIN« zu allem, was jemand letzt will. »Nicht mehr atmen«, sagen Juristen, »nicht lächeln«, Polizisten.

23. Januar 2022 (1:10:56 min)

Der Geschichtsmediziner ruft laut nach dem Gärtner − ein Diener zwingt diesen herein. Drei Fragen, drei Lügen, ich spinne, benennt mich der Zwerg als den Tätär. Schnell den Talar an und kreischen: »Erkennt den Barbar! Der Barbier ist der Gärtner. Sein Salär seien Schmerzen. Der Tätär, der Tätär ist auch der Värrätär!« Da droht mir mit Hufen ein Arzt mit nem Kopftritt, die Ärztin mit riesigen Händen schlägt sofort dort hin, wo es weh tut. »Juhu«, sagt sie dabei ganz trunken und zwinkert sich zu in die Scherben des Selbst, in den sinnleeren Spiegel und irgendwoher sagt jemand: »DU! bist die Gröbste im Land.« Der Richter klatscht Abfall, na bravo, und mich stößt man weg − WahWah-Rand.

Vor genau einem Jahrzehnt, beschwört Wort um Wort, jede Rede, passierte das Gleiche final.

24. Januar 2012 (1:12:20)

Es war ein Versehen, doch tut's keinem leid. Sie können nicht gehen, weil keiner Sie kennt. Weil keiner Ihren Namen schwärmt, können wir machen, was immer wir sollen und das tun wir JA auch. An Ihnen erforschen, was hält ein Mensch aus. Ertragen Versager mehr als Versieger?

Experiment
Sein ohne Schatten, Sein ohne Raum
Sein ohne Selbst, Sein ohne Ton
Sein ohne Zeit, Ja ohne Nein

Dringend Gerüchte nach außen!

Option Operation
Lassen sich Organe und Körperteile innerhalb eines Organismus vertauschen und weil ja, x-beliebig?

ja)	Herz/Hirn	ja
be)	Augen/Ohren	ja
ce)	Niere/Lunge	ja
de)	Samenstrang/Stimmband	ja

Abrakadabra, Sie können jetzt gehen. Ubrukudubru, bis zum nächsten Mal. Allesgutesolang.

25. Januar 2012 (1:14:03)
A l l e s g u t e s o l a n g

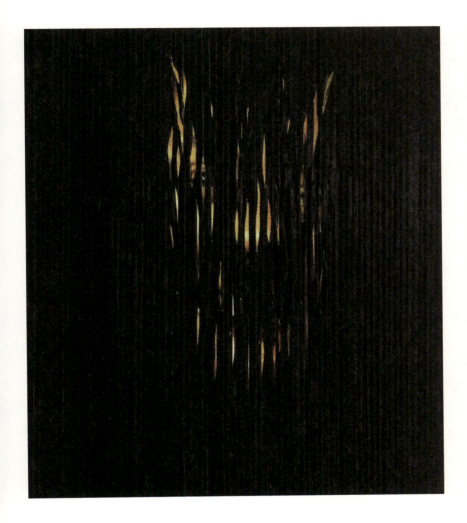

A l l e s g u t e s o l a n g

27. Januar 2014 (1:14:14)

A l . l e s g u t e s o l a n g

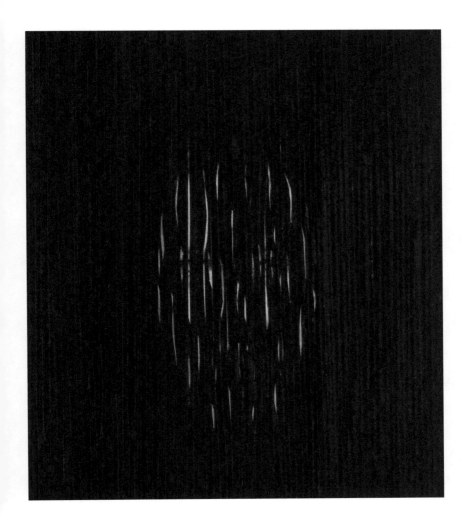

A l l e s g u t e s o l a n g

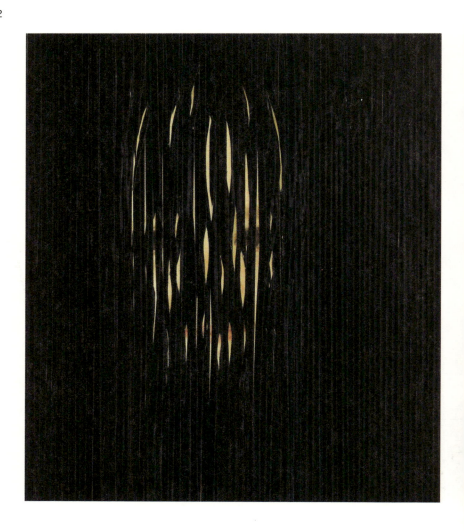

29. Januar 2016 (1:14:29)

A l l e s g u t e s o l a n g

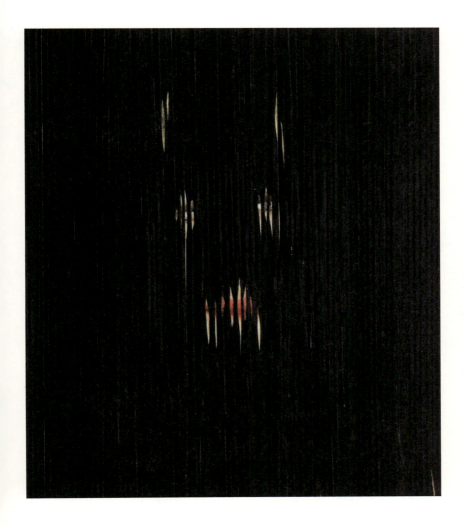

A l l e s g u t e s o l a n g

31. Januar 2018 (1:14:55)
A l l e s g u t e s o l a n g

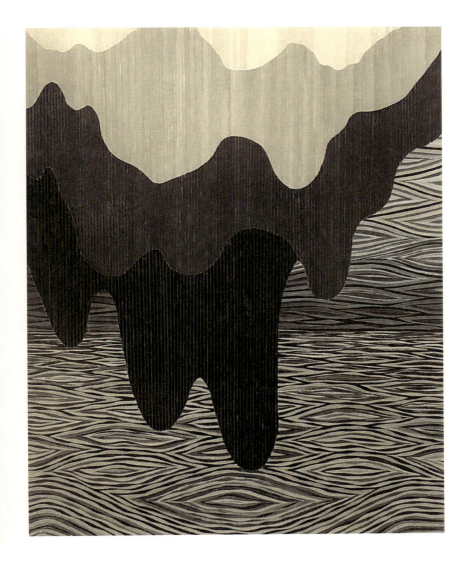

A l l e s g u t e s o l a n g

31. Januar 2018 (1:15:05)

A l l e s g u t e s o l a n g

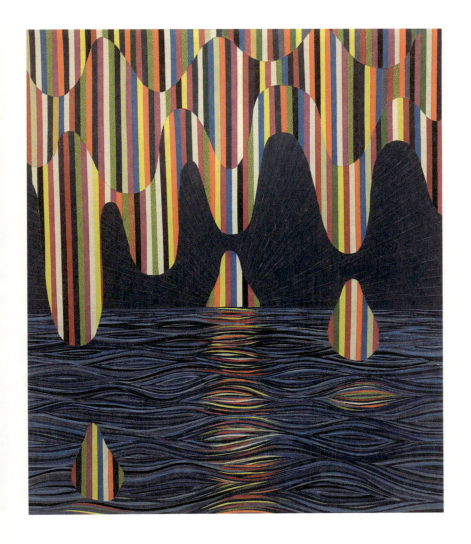

A l l e s g u t e s o l a n g

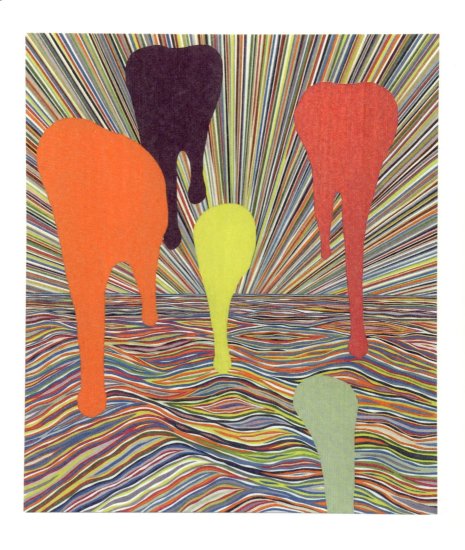

1. Februar 2019 (1:15:17)

Allesgutesolang? Was war das? Allesgutesolang? Die Fieberbrut ver-
nebelt/verlebt mir seit Tagen die Tage / das Leben / die Nacht. Allesgutesolang? Auf einmal ist alles so frei / Dimensionen, real. Echt tief,
echt echt. »Ahhh!«, warum läuft mir Rot aus der Nase? A l l e s g u t e
s o l a n g! Nein, das ist kein Rotz, rote Farbe. Ich hätte nicht mit Frau/
Mann Nitsch sprechen sollen, nicht als so junger Mensch. Bin ich jetzt
der, der die Blutfessel bricht? »Nitschewo, kheine Sorge, es iist Mjen-
schenblut«, raunt aus den Jahren herüber ein Jesuskomparse. Knos-
pen der Jugend. Der Zeitkönig zwitschert über den Zaun: »Du hast doch
da nie mitgemacht.« Es tropft das Rinnsal herunter die Gosse, unter
den Raum. Ein Zeichen wohl kaum. Wofür auch? Was soll's? Schwanz-
schlanke Arme greifen nein geifern wonach und das Rot rinnt tropft
landet in einem rosigen Schund, wird dort schnell zum Schlatz, hoch-
gerotzt und ausgespuckt. Das war's. In Deutschland ein Sinnbild für
ganz großes Glück, ein Schatz. Klatsch macht's und schmatz, von ner
Katze aufgeschlabbert, roter Glibber, lecker Snack. Ich mag es dafür,
das scheckige Tier und nehme es mit in eine Idee.

2. Februar 2020 (1:17:23)

Dreck. Wirr, mit Wolle Wolken formend, die Katze schaut an die Decke.
Dort beißt das Luder mir zu fest in die Lunge, zerrt und schreit. Pfff.
Alles Aufgeblasene schwindet. Aus Faulheit und Mitleid gebe ich ihr
meinen rechten Ringfinger, den soll sie zernagen. Dankbar schnurrt
das Vieh und geht mit dem Finger, um nicht wieder zu kommen. »Und
achte beim Kauen auf den Wohlklang der Zähne«, rufe ich ihr noch
nach als letzten Gefallen, doch sie hört nicht auf/mich. Das ist schade
und schön.

3. Februar 2020 (1:18:25)

Langsam wundere ich mich, wie viel Blut einen Finger doch speist.
Die Pfütze durch Positionswechsel der tropfenden Hand zum Herz
formend, staune ich mehr und mehr über weniger. Kühn, schlank, ein
Huschen, ich sehe müde, das Tier kehrt zurück. Am Kühlschrank vorbei, geht es direkt auf mich zu. Es leckt an der Wunde, trinkt aus
dem Herz, beißt und verspeist mich als Mann, Mann und Maus. Das ist
sehr sehr sehr schmerzhaft und dauert sehr lang.

(1:19:25)

1. 2. BLACK

WHAT'S LEFT IS RIGHT
MY UP'S YOUR DOWN
IS IT NECESSARY TO
SAY OK INSTEAD OF NO
IS IT TRUE THAT NOTHING'S TRUE
SHOULD FIRST SECONDS LAST FOR YEARS
EVERY MINUTE FULL OF FEAR
IS IT TRUE THAT NOTHING'S TRUE
ARE YOU POSSIBLY NOT YOU

I SEE BLACK
I SEE WHITE
I SEE RED
LIGHT NO LIGHT

FIRST SECOND BLACK
FIRST SECOND BLACK

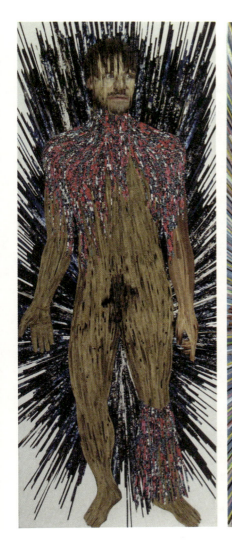

4. Februar 2021 (1:23:05)

Die Made gewöhnt sich an deinen Dreck, sagen Spinnen. Das ist nicht schlecht, das ist Geschlecht. Traum Speck und wieder Traum Dreck. Geschmackssicher nisten die Tiere im Warm feinen Leibes. Den Zweifel darf jeder selbst leben, ob sie das ist, die beste der Lügen, die trägt für ein Leben. »Jaja«, sagen Damen, Maden, »naja«. Ich frage noch Nadja und Nadja sagt: »SCHWEIN!« Was sagen die Schweine, zu allem »ja leider«, ja leider heißt nein. Es gibt nichts zu sehen. Naja, ein Satz hin zur Schlucht, ja dieses, ja das. Dort stolpert schon einer, stürzt, Tölpel, hält fest an A's Schürze, fällt runter zu schluchzen und weh ist er weg ohne Grunz. Verdammte Sucht. Ihr könnt ihn nicht finden. Wer fragt schon nach Narben, wenn Körper verschwinden, wer will denn noch bleiben, wenn der Leib gast und gärt. In diesen Gärten wächst Wald, keine Wiese. Diese Schmerzen sind alt. Der Gast verklärt das Erlebte, begehrt/begehrt auf. Naja, er muss gehen und nein, kein zurück. Was bleibt ist kein Geist. Nimmer und nein.

5. Februar 2022 (1:25:10)

Von der Traufe in die Gosse, alle Drüsen auf, alle Perlen: Lauft! Vom Graben ins Grab zum Gelöbnis zur Taufe. Ich glaube in Brunst an Berührung, an bleibenden Ausdruck, an Schnecken, Geschmack, ans Nackte tatsächlich, den täglichen Spaß, an die Freude, das Kleine, das Große, an Liebe, an Hass. Das an der Wahrheit Würgen erfordert Bravour. Schwer wiegen Brocken, die kann man kaum bergen, sie liegen im Magen, doch dieser ist leer. Er lässt sich nicht füllen mit farbfrohen Lügen ob pink oder blau. »Strapazieren Sie nicht Ihre Nieren«, mahnen wie immer zu spät und zu freundlich die Galle, der Magen, die Nerven, Verstand, und jeder denkt: »Witz«. Spät platzt Mund Kragen, Krähen umkreisen hä? leise! den Traum? Nein, die Wirren, sie schrein, die Tauben − kein Ton. Der Moment, dieses Fiebern nach Kotze, gleich kommt es, gleich kommt sie und alles hä? bitte? ist schön? Wenn das Drehen / die Welt manchmal anhält mal hält, was wie sagen, wer was wem? Vers bricht. Fast immer klipp plump klar, gebrochen, wie Schaugift, voll Strom. Erinnerung an das Wachstum der Muskeln als Kind, das Warten auf Kraft. Alles vage. No Vogue.

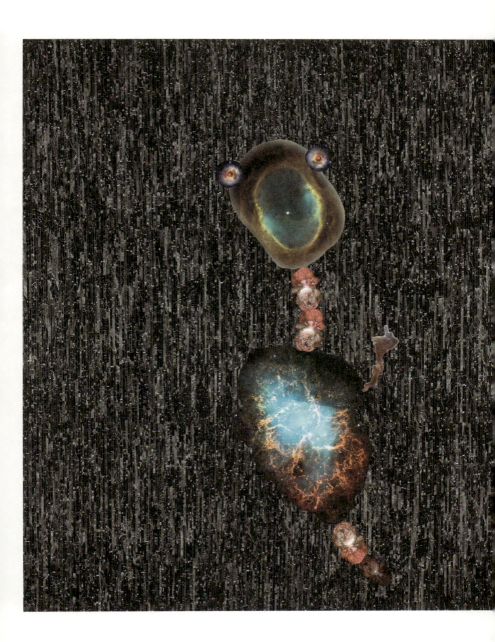

6. Februar 2023 (1:27:59)
Es gibt auch noch andere Möglichkeiten, alles falsch zu machen.

7. Februar 2024 (1:18:07)
Intranervös, penetrante Inspirationsflut, nicht Quelle für Quelle. Ständig schwappt etwas über auf einen. Hyperventil. Juvenile Perlen. Leben! Leben! Leben! Pulsrasende Farben, Antworten auf Fragen, die keiner sich stellt. AUSAUSAUSAUSAUSAUSAUS. Verdammtes Popwesen, verdammtes Banal. Endspiel der Triebe im Untief der Leere, reizreich und geistarm. Mief. Wie Kirmes, auf Knall. Schwupp Qualle, das isses. Schnapp Falle, das war's. Ich mag das, so isses, das alles, das war's.

Jetzt ist mir mein Zebra in den Februar entlaufen. Es streift – Dreh-wurm/Kostüme – herum und umher und will mich zurück. Aus gro-ßer Angst vor Eseln, vor Rehen stirbt es – aber – Raben bemerken das nicht trotz der Narbe, die so deutlich blüht in der Nähe der Nüs-tern, ganz nahe am Mund. Das ist er, der Wurm, um den alles sich dreht. Der flieht – Karneval – zum Kanal, ach, wie schade. Schade für's Zebra, kein Schaden dem Raben, schade für mich. Der Wurm erfährt Gnade, verdreht der Nächstwespe die Taille, das Hirn und die Beine, die Arme, echt schade. Das Reh weiß von nix, nicht der Rabe, das Zebra noch tot, nur ich stehe da da im Fasching und nehme die Streifen des Zebras für's Sträflingskostüm. Wie schade, ich wäre viel lieber der Clown, der ich bin. Die Schlange schlüpft rück in das Fell eines Kindes, das singt.

Oh Tiger, oh Affen, oh Ziegen, oh Maus. Steht Riesen oh Schlange vor einer Ruine. Seht, JA, wir sind beim Gossenarzt. Halb Menschheit, halb Meute reibt sich die Scham. Wen hab ich gebissen? Was hab ich getan? Ein Züngeln, ein Zischen, gehn alle aufs Klo. Auf Kommando genieren, auf Stein und auf Bein, auf's Wort penetrieren. Der Schwur ist nichts wert. Die Dominanz der Reizkucker nicht leicht zu ertragen. Die Jünger juckt's. Flecken, wohin man autsch schaut. Sie plärren Heilsschreie in die heut komische Luft. Punkt um kommt der Gossenarzt, spricht: »Kniet nieder und schleimt!«

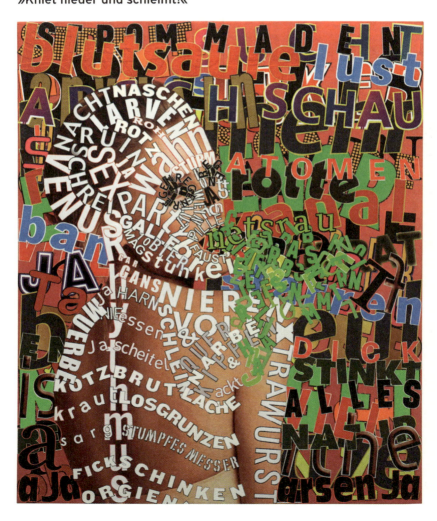

(1:32:34)

»PUDER UND CREMES, SEREN, PILLEN, ZÄPFCHEN, PFLASTER, AMBULANTE AMPUTATIONEN, STUNDENWEISE HERZSCHRITTMA- CHER, STÖHNEN VON SOPRAN BIS BASS, DOMINA- UND ESCORT- SERVICE, DOKTORWÜRDEN, FÜHRERSCHEINE, KAMMER- ODER GEISTERJÄGER, KINDERWUNSCH, VERSICHERUNGEN, HOROSKOPE, ALTENPFLEGE, ZEUGENDIENSTE, TELEFONE, STEUERFLUCHT UND HAARE TÖNEN, HYSTERIEN, HOCHZEITSPLANUNG, POSITIONEN, RECHTSBERATUNG, BANKGESCHÄFTE, JUGENDKULTE, ALTGOLD UND FAMILIENBAUM, FETT ABSAUGEN, ZÄHNE BLEICHEN, PEDIKÜRE, ADELSTITEL, AUTOS ALLER MARKEN/KLASSEN, DROGEN, YOGA, RELIGIONEN, IMMOBILIEN, THERAPIEN, WAFFEN, PÄSSE, BIO-ESSEN, alles hier von A – Z.«

Die Rezepte sind wieder zu lesen, noch nicht zu entschlüsseln. Wie Salzkristallrätsel wirken sie Jahrzehnte retour. Gattungsübereifernd schweifen wir ab und zurück.

10. Februar 2026 (1:35:12)

»Was haben wir denn daa?«, Frau Ursula, Cpothekerin, rätselt über meinen Zustand, greift sich den Zettel, entziffert die Schrift, spricht mich an auf die Rötung der Augen, den Krampf um den Mund. »Aha«, und: »Das haben wir gleich.« Sie spritzt mir heimlich Morphium und rät mir zu täglich drei Dösen Konsum. Morgens, mittags, abends, zur Not Heroin, das schone die Augen, die dann endlich ruhn. Ich könne gern immer, egal, was ich bräuchte, sie findet mich nett. JA, jederzeit gerne, sie freut sich, sie lächelt, sie will nur mein Hemd, meine Hose und ein Kompliment. »Deine blauen Flecken machen mich so sentimental«, sagt sie, als ich gehen will. Sie tritt mir noch fest in den Rücken, in'n Arsch. New Wave war nie mein zentrales Hauptleiden und keine Dröge wirkt bei mir. Ich schieße wild um mich mit Wortfetzen − daneben und gehe zurück ins eigene Leben.
JA WAH!

11. Februar 202 (1:37:08)

Hast du die Hühner geweckt?
Die Zeitung geschrieben?
Ist Luft da zum Atmen?

Die Nerven verdrahtet?
Ich sage Nein, guten Morgen.
Nur der Kaffee ist heiß.

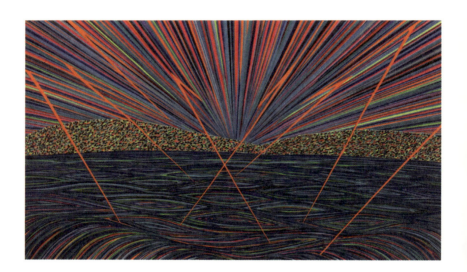

12. Februar 2028 (1:37:28)

**Willkommen, willkommen, wir kennen uns schon. Können Sie schö-
nen, was immer Sie sehen? Können Sie lächeln, egal, was passiert? Sie
stört keine Frechheit? Nichts kann Sie verwirren? Sie haben Humor,
sind klug, doch naiv? Leicht reizbar, leicht sinnlich, leichtfertig, leicht-
herzig, leichtgläubig, gleichgültig, vielleicht bis zum Tod?**
Ohne zu lächeln sage ich JA und frage nach Macht und frage nach Geld.

Also zurück ins eigene Leben.

13. Februar 2029 (1:38:40)
Die Aussicht genießen, die Weite, den Saft all der Farben, die fröhlichen Menschen, das Glück dieser Erde ...

das blaue vom immer
trotzt grün hinter himmeln

das lichtbraun der zähne
im schlagschatten macht
krähen füße am thron

kraft der zunge
die wunde der wunsch
lange zähne
in tierrotes rosa
drängt rein
dringlich kosend
trieft rein
weiß
noch höher untiefen
und stottert und stöhnt
king dong king dong

es kräht der hahn jeden morgen den tod

14. Februar 2030 (1:39:48)
WIR MÜSSEN DEN LEUTEN ETWAS GEBEN, DAMIT SIE GLAUBEN, DASS SIE LIEBEN.

DIE NEUE KIRCHE DER NEUEN KUNST, NEUE KÖCHE, DER NEUE BUND.

WIR MÜSSEN DEN LEUTEN ALLES NEHMEN, DAMIT SIE SPÜREN, DASS SIE LEBEN.

DIE NEUE KIRCHE DER NEUEN KUNST, NEUE BÜCHER, SCHMATZ UND SCHLUND.

15. Februar 2031 (1:40:24)

Schund!

Es kommt zu einem Schreigespräch mit einem dominanten Mann, das Männchen stinkt. Ein Mensch ohne Maske konzertiert den Krampf. Dirigiert Idioten, die grölen und johlen. Kinder laufen herbei, ganz gierig nach Schlechtem, nach Blut. Nur Bier fließt in Tränen, sonst nichts. Das freut den schwammigen Wirt.
allesaugen allesauf

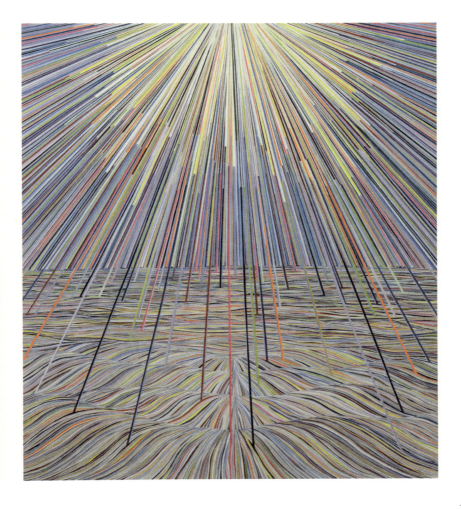

16. Februar 2032 (1:41:03)

Acryl auf Nebel, Öl auf Treibsand, Bleistift auf Bier. Nichts! Das ist die Basis. Nichts! Daran lässt sich ein Leben lang saugen, drauf kauen. Nichts, nichts! Der Künstler ohne Werk wird immer präsenter. Nichts! Trotzdem verschwindet er als Person. Geglaubt will werden, was es nicht gibt. Geben, hingeben, es gilt, quillt breiüber zuck watsch.

17. Februar 2033 (1:42:02)

Der Bürdenträger steht um die Ecke in seiner, wartet auf Brei. Ganz blass ist er, bleich. Er will hier nichts Gutes. Er sucht nur nach Streit. Nach Menschen mit Blasenschwäche, nach solchen mit Gedächtnislücken, nach welchen mit künstlichen Brüsten, mit schlechtem Gebiss, nach prüden Protzern, er will kruden Geist, rohes Fleisch. Zum Glück gibt es Diebe, die geben ihm alles, 's ist ihnen nichts wert. Zum Glück gibt es Diebe, die nehmen ihm alles, auf dass er laut plärrt: »Die Ersten werden die Verletzten sein!« Das macht mich neugierig und ich stelle mich ihm. Dar stellt er sich dumm und schwendet Vers fluchend den Ärger in Flucht. Wo tut er sich weh und WAH schwindet für immer, verpufft im Rotlicht einer Bremse, die quietscht.

(1:43:42)
WELL I KNOW THAT I'M NOT JESUS
BUT I ALSO KNOW I CAN
WALK ON WATER ON MY HANDS
ON MY HANDS
AND I KNOW THAT I'M NOT EVIL
BUT I ALSO KNOW I CAN
HATE EVERY WOMAN EVERY MAN EVERY MAN
LOVE
LOVE IS HATE
LOVE IS HATE

18. Februar 2034 (1:44:11)
Und ich weiß, dass manche lechzen, und ich weiß, dass manche schluchzen, und ich weiß, dass manche lecken, und ich weiß, dass manche
schlucken. Männchen wird's schlecht, immer wieder. Manche kleckern
ins Gefieder, manche schweben still darüber. Dort zum Beispiel wachsen Karotten, Kartoffeln, Kürbis und Kohl. Hier wächst der Wicht. Gierig frisst er das Gemüse von drüben in sich hinein, würgt es roh runter, mit Schale und Erde, mit Käfer und Wurm. So wird der Wicht zum

Wichtigtuer, mehr geht nicht, Zenit. Das Alphabet seiner Wünsche endet bei K, oje. Ab in die Kammer, dort warten Kojoten, sie leben von Kot.

19. Februar 2035 (1:45:27)

Mann und Maus mögen einander. Immer noch. Trotz all der Untergangs-mythen und gerade deswegen. Der Wicht verzehrt sich nach solchem Mehrsein, nach Würmern, nach Schaben und frisst das Verzehren in sich hinein. »Ja, weil mir das schmeckt.« Wonne, verklärt er die Welt. Die Bitterstoffe böten so schöne Noten, mortal. Die Fremden flöchten Melodien aus Not und mit Neid, flöteten diese höchsttönend Beileide. Bis endlich wer stürbe, irgend, nur einer, damit das Trauerspiel wirkte, wert würde, real. Darauf trampeln wir einen, falls, dann. Dass Leiden sei schön. Ach, danke, doch nein.

20. Februar 2036 (1:46:50)

Ist erst der Moder in der Nase, sind die Farben erst verblasst, singt der Morgen schon den Abend und der Tag nur von der Nacht. Strolch, der da Ruhe fordert, dass wer sein Röcheln hören kann. Strolch, fragt einer nach nach Muße, fragt nach Zeit nach nach der Zeit. Hörner und Hufe für jeden, der flieht. Jedes »Hilfe« verhallt. Wie, wenn keiner schreit.

21. Februar 2037 (1:47:40)
Geschwulst:

Das Flaue bleibt übrig. Die Brühe schmack schal. Der Wille zum JA scheint gebunden. Andere Jäger sprechen deutschliche Taten. Vom Töten will keiner was schwören. Sprüche, Geruch und seltene Sphären, als wäre Geheimes auf Potz über Punkt. Licht, hin durch Körper. Sind Türen kaputt? Alle Türen sind heil. Dumpf.

22. Februar 2038 (1:48:22)
Wahrnehmen, Falschgeben:

Das Kauderwelsch ist mehr selbst als gemacht, die Welt eine Reise in Rätseln day, night.

Die Mütter, die Väter, DIE mother, DIE others, DIE Erde, DIE Welt, DIE Wahrheit, DIE Schönheit, DIE Zeit, DIE Geld, DIE father, DIE lovers, DIE happy, DIE schnell, DIE brothers, DIE Lamas, DIE alle, don't tell. DIE Tiere, DIE Farbe, DIE Gier, DIE Fell, Die Sjetzt, ausgerettet! DIE die, don't cry. Lies LIES.

23. Februar 2039 (1:49:12)

Glanz leise raunt jemand, »soodoof«. Andere staunen unter sich selbst über nichts, ahnen warum. Ist das kein Ja, ist das kein Nein. Krypta. Unter sich glaubend, raunen: »Dunkel und Licht unterscheiden sich nicht.« Wer wollte da lügen, wer streiten: Lies LIES!

24. Februar 2040 (1:49:47)

Ruinen. Warum? Wer? Wohin? Keine Ahnung? Kleine Kleidung? Leider Dung. Was noch? Halbe Wahrheit, ganz so schlimm.

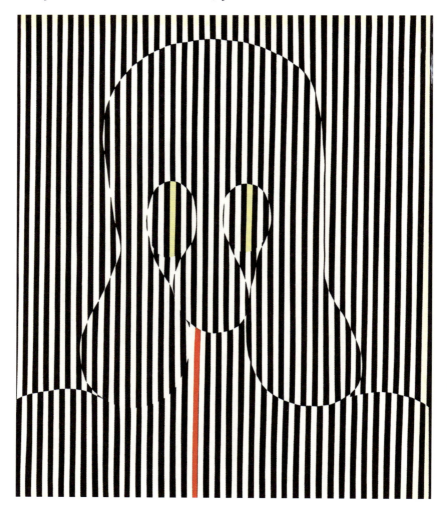

25. Februar 2041 (1:50:26)

Exblutiert das Gehirn, ist eh alles matsch. Denn, ein Verbrechen weiter, aus den Grundtiefen Mensch, Ton: »Bewusst, los, löst auf, was ist!« Ein Versprechen gegen das Denken, gegen das Sein. Und noch. Löcher bestimmen die Form. Die verströmen phobische Leere. Muff. Nur ein Beben zurück und wenig bleibt heil. Das erklärt dann den Mief, erklärt klar die Form. Man schert sich beschwert sich mit eigenem Schweiß. Eignet, es taugt. An die Affen!

26. Februar 2042 (1:51:10)

Zwei Zahlzonen weiter, ein Anflug von Wärme, das Sanfte zartet aus. Man kann es fast ahmen, kaum fassen. Diese Fahnen tragen Freude ins JA, sogar Frieden. Fasane bebalzen einander, den Boden, den Raum. Der Jäger weicht, Wunder, zurück. Er tänzelt, er schwärmt. Was denken die Hühner? Fasane sind Götter aus Dotter? Wohl kaum. Der Bauer versammelt die Freier. Einstimmig JA, JA zum Euter, JA zum Ei. Für uns ungeheuer, das Wohlseinaroma. Nicht zu fassen, was und dass. Duft ins Dunkel, leise, lang.

27. Februar 2043 (1:53:30)

Schon franst aus, was man Flausen nennt. Hoppla, es tropft nicht nach unten, es tröpfelt hinauf. Spielen Viren ihren grausamen Trumpf? Liegt es am Fliegen? Am Wunder des Würgens? Haben uns Schwäne erobert? Pfaue, Hühner, Enten und Meisen? Kopfüber im Greifvogelgriff? Spatz! Glanz viele Stellen sind taub. Die Krone Erschöpfung, Kanal. Gerötet, nicht der Körper, das Gesicht. Die Zeremonie eine Gewaltphantasie. Finale in blau. Vögel sind böse. Das weiß jedes Kind.

28. Februar 2044 (1:54:35)

Ammen sammeln Grau, Samen für den eigenen Wunsch und bauen den Amseln das Haus. Drossel, wer weg will, fliegt raus. Blau bleibt blau, egal was man weiß über Himmel. BLAUBLAUBLAUBLAU BLA. Unbekannte Farben betonen Formen unbesehn. Beschwört und verkauft, ich werde nichts kosten, das ist es mir wert. Günstlinge sollen, ich habe zu tun. Die Suche nach dem Unbenannten formt die Farbe, färbt die Form. Die Perspektive der Vögel ist auch nur der Tod.

29. Februar 2045 (1:55:39)

Gestern war komisch. Das fand ich sehr schön.

1. Schmerz 2046 (1:55:53)

Mit den Freunden kommt der Ärger, mit den Kindern kommt der Tod.

2. März 2047 (1:56:04)

Der Kosmetik des Himmels:

Eine Demonstration der Besinnungslosigkeit des Seins im Werden. In Schlussland beschießt man die Wolken, um ihre Form zu schönen, den Himmel zu heben, mehr Weite ins Leben, bastelt an Bomben, den Horizont zu tünchen, Morgenrosa, Abendrot. Duftbäume in Autos, Rasenlack in allen Farben. Auf die Felder! In die Gärten! Totale Malerei in die Totalität des Lebens. Die Künstlerregenten kennen kein Halt, keine Grenze. Kraft ihres Pinsels, sie/er schwingen Schwerter/Pfeile/Kanonen in Gold und in Braun, schießen Grau, Grün, Gelb, Rot. Last ihrer Launen bezwingen sie sich. Matsch. Lust meiner Freude erhoffe ich alles. Zerstört bunt der Lack das Gehirn / viele Sterne und blättert/ platzt ab, wo er Schlitz. Wer spielt wie verspiegelt das hoch ganz in Form? Bist du das? Bin ich's? Bla, Siegel. Eine Fassade nur weiter, Szenarium: Duell mit dem Individuum. Bin's ich, bist du's? Siegel. Doom oder dumm, ganz individuell. Man stelle sich vor, der Spiegel stünde im eigenen Schatten und stünde im Weg. Stunde um Stunde wärn Launen gelähmt? Wie geblendet. Natürlich ginge der Samen der Kunst in Künstlichkeit auf. Zahm. Manche brauchen ein Fenster, andere Welt, andere Welten. Manchen ist Spiegel die Welt.

IS IT REALLY TRUE THAT THIS IS REALLY YOU?
CAN IT REALLY BE THAT THIS IS REALLY ME?

Für die Zukunft: Mea Culpa, meine Skulptur taugt nicht mal für's Klo, taugt nicht mal das Kilo, taugt nicht mal als Klo, hat mir persönlich Andy Warhol, nein Piero Manzoni, nein Marcel Duchamp war's, gesagt. Das macht Dinge undenkbar, die möglich sind. Schon. Der Tragik der Drastik sei Dank, kann das egal sein, weil die Währung die gleiche bleibt, immer. Das nehmen wirr WAH. Das kleben wir preis. Wie trunken holen sich Stümper das nüchtern herunter. Es ist an der Zeit, wieder alles zu geben. Kunst, Kuss, ein Leben. Sonst vergehen Dekaden in Öde. Totale auf Sumpf. Schnöd sind ohne ein Lachen X Jahre vergangen.

151

4. März 2049 (1:59:57)

Den Druck der Flutreize kann man nicht hoch genug stellen. Man darf sich's nicht verstecken können, nichts da, nichts vorstellen, kein Dort, nichts dahinter. Wenn das Licht weich im Nebel schlendert, Flucht, mit dem Rücken zum Wald.

Werft die Netze weit aus! Die Fischplage beenden. Entzündet die Augen! Verkündet in Wäldern! Verführt auch die andern. Die Wahrheit wisst raus.

Hier drüben stehen noch Koffer bereit! Bindet sie fest an den Boden! Die Vögel können jetzt kommen! Los! Los!

(2:00:38)

BURNING DESIRE

IT IS TRUE I'M MISSING SOMETHING
SOMETHING THAT I CAN'T EXPLAIN
I AM ALWAYS MISSING SOMETHING
SOMETIMES SOMETHING'S EVERYTHING

NO I KNOW THAT I AM LOSING
THE LITTLE REST OF SELF CONTROL
NOW I THINK I NEED A COFFEE
OH NO NO A LOT OF PILLS

HERE IT COMES AGAIN
THE BURNING DESIRE
HERE AND NOW A MAN
ON FIRE ON FIRE

BURN

5. März 2050 (2:01:45)

Heute treffe ich Björn. Seinetwegen beschweren sich Ammen seit Jahren, jammern, die Brut sei zu laut. Mit Umlauten versucht er, abzulenken. Meist klappt's. Das Glück auf der Zunge, zeigt er sie jeder. Das macht jeden geil. Sofort ruft er »GLÜCK«, und – ich hab es gesehen – die Damen sind glücklich, die Männer nicht soo. Vielleicht beginnt die Orgie im Norden? Pakt: Mäandern Shrimps voran, Maden. Wagen sich am Ende ans Blutende. Wow. Wegen Björn, erkennt das schon. Er leckt. Seine Locken, Alarm. Tempo Fliege, Tempo, Floh! Krankrosa Eiter, Sekret. Dass dem welche folgen, fatal. Er zählt was von Wollust, ich mag lieber Leder. Leider zagt er, wo ich lieber Leiber. Na, morgen kommt Kurt und dann kommt er saus.

6. März 2050 (2:03:03)
Sexschmerzen.

7. März 2051 (2:03:11)
Skandal, der Schakal, hungrig, verroht den Schnabelträger, klappt, Strafe, zusammen, in der Basis, in die Lauge. Erschöpft verliert er die Luft und krampft sich in einen Schock, starr. Der Vogel schnappt über den Schock, schluckt Schnaps und schüttet/spuckt aus, in die Lauge. »Du Schlampe«, zwitsch/zischt er und flugs, wird zum Aal. Der frisst sich selbst auf. Er ist, glaubt er, Schlange, die frisst, glaubt sie, Vogel. Manchmal geht alles zu schnell.

8. März 2052 (2:04:05)
Bella, Cello, Dalli, Balla heißen sie, die Stöhner und Röchler Herrn
Chens, meines Nachbarn – ein Brauer aus Cham oder Chemnitz, egal.
Sind sie fröhlich sind sie höflich, sie sind schön, sie sind gepfleckt.
Ihre Stimmen so ein Wohlklang, gut gewählt die Namen, schön.
Höchste Freude, Glanz, die Augen, höchste Freude, Schwanz, das Fell.
Fels im Brandy für Mensch und gemütlich, für Glück und so friedlich,
für Gunst und Frisur, Figur und Kultur. Herr Chen beherrscht sich,
Herr Scher grüßt wiedermalnicht. Die Hunde haustieren. Hyäne zu
sein, jaulte man wünschend, wäre man Hund. Dass sie auf der Straße,
Strafe, dass sie haaren, sabbern, paaren, dass sie fressen frohes
Fleisch. Lol, das mache ich auch. Das ekelt Herrn Chen, es gibt täg-
lich Streit.

154

Ja, klar hab ich ihn angespuckt – Napf. Schwapp Schale Schlatzfülle, Schande, gesammelt in Tagen asthmatischer Not. Noch tanzt er laut rufend: »die DNA, die DNA, ich habe sie, die DNA.« Oh, Augen, Blick, Panik, was will er damit? Ich nehme mein Messer und schneide rechts links ihm sein Ohr ab und sage: »Geh malen, so lange die Farbe rot frisch ist und bring mir das Werk. Jeder Mensch sei ein Künstler, du auch.« Er tropft keine Blume in die Gosse, auf den Schotter aus dem linken jetzten Loch. Lechzt, das rechte pollockt. Na nein ja na also, es geht doch, es geht so. Im Vorbeigehn legt wer ne Banane daneben: »Das passt gut zum Rot. Reich und berühmt, immer im Einsatz, Stunde um Stund.« Verdammt. Wer dárauf wohl reinfällt, wer dárauf ausrutscht? Pinault oder Saatchi, Ringier oder Lauder? Die Neider spotteln gebannt. Weder Narrativ noch Motiv interessieren. Massage. Auf jeder Banale ist's rutschig. Ich schwimme bergauf.

10. März 2054 (2:07:10)

Nach Mittag, noch Nacht. Ist beinah noch Gestern. Die Ahnung der Mimik der Frauen / der Männer verheißt mir nichts Gutes. Ich stottre, nichts Gutes. Angstgrün, zwei tragen Kostüm, oh, je Gewalt/Uniform eine Blablase oh schade, die platzt in der Hose, im Hirn, in die Welt. Die andern zivil, sind mehr als zwo drei vier. Sieht schön aus, wie Tanz, wie Theater, ganz ohne Musik. Ist das noch real? Wo bleibt da der Takt? Mich um die Echse zu bringen sind die da, die Ichs dieser Ichser. Was bricht mir die Nerven. Was werfen, die Eier, die faulen Bananen? Ich meine das rein sexuell. Die verstehen das nicht und trotzdem, die stöhnen. Die packen äh mich, ah, die treten, äh, würgen. Die lachen. Die sagen: »Scheiß Künstler, jetzt male Tier aus, was dir gleich passiert, hier, haha, nimm dieses, nimm das.« Ich beginne das Bild. Noch bevor ich's vollende, sind AU meine Hände in Schellen, fixiert, einfach so. »Ja, die sind fix. Und fertig«, verstöhnen die mich, den Kopf Katakombe, am Arsch, müder Mund, dass ich tropfe und tröte, stark blau hin von früh bis noch früher, von November bis März, von April bis Oktober. Uff, die Knie, auje. Und nein, ich gebe kein Blut zu, nur Spucke und Schweiß, Überschwemmung. Ein treuer Schwan zeugt traurige Unken. Das kann keiner sehen, spassiert unter Wasser, Lurchwunder, Halunken, Genetik: Es kleben Glanzkörper, gelenkig und hampeln Sand, Staub auf, drum sind sie zellgrau, ja genau. Sie über sie windeln Sicht sinnlos, geräuscheln gekehlt, verdrehen das Außen, die Augen, das Fleisch und den Sinn. Ihr Haupt / ihre Rolle, der Platz zwischen Körpern, Reibung, Aufregung, Verlangen. Sie glauben daran lalala. Sex mit Menschen in Spelunken. Sie fordern bla Körperkontakt, jajaja. Punkt Nippel, Schrei Sprung. Eispringen sie einen um, singen und stöhnen und reimen und nein, ohne Grund. Versunken in der so dünnen Suppe, das Wasser zu lau. Welch trauriges Mahl, noch nicht mehr Stück Brot, Krumen, kein Tunken. Tinkturen, Froschbrei, Blessuren, Tierhuren. Das Hexen verlangt einem seiniges ab. Nicht anders verablangt die Kunst.

11. März 2055 (2:13:49)

Das letzte Gespräch mit der Wand verlief wie sonst prima. Die jetzte Rede an Böden, eine lose Frechheit, reicht stolz über'n Zaun, hallt Freiheit, Nacht/Räume. Na gut, Boten fragen, was soll, welche Wonne? Die ganze Welt, erkläre ich wieder und wieder, nur darum malen wir, JA. Nur darum reden wir, JA. Darunter nur NEIN. Für's alles verändern, dass, darum, denn, weil.

12. März 2056 (2:14:36)

Weil, weil, der Wille, der Wille, die Lulust an der Leine, das Schwarze, das Kleine, das hatten sie an am Morgen am Abend vor Ablauf der Frust. Auf Streife punkten war nicht Popogramm. Das hier nur als Beispiel für Speileib Spirale. Nach unten, nach unten, dort zieht wer wen hin. Ganz anders die andern. Es zieht sie dort Hang. An Fang an Drang an Sicht an Blick, an alle an Triebe an Pisse an Spucke, an sich, für sich, an Schluss an Hang. Die Angst, Rengung, Erregung vom Orang zum Utang zum aufrechten Gang. Von dort bis zum Unfug ist's weit aber wert. Dem eigenen Willen entkommen, nur wie? Wie am Anfang?

Die Elefantenkönigskuh hält jeden ihrer Piss Rüssel sehr hoch, Kuss, Totenköpfe schwenkend. Fuck Love! Fuck Peace! Qualen, Glibber. Warum? Aus dem Nichts taucht sie unter. Zurück kehrt sie bunt. Bemalt / nicht bemalt, mal Sa und mal So. Viel Hunderte Male female. Hände, sandfroh, wie weg, wie gezeichnet, Floh. Als sei sie wie, so. Frei, sie behauptet's, kopflos geglaubt, an Überhaupt. Sicher, sie taucht mal unter mal auf, er. Sanddünen, Flohmärkte bunt runter malt rauf, kunter. Standarte und Stapel, hoch, wie ihr es gefällt. Non Stop! Doktor Mango Tango wirft ein Stück Gelb in den Fluß, doch der wird nicht grün. Bunt für Millionen, Blut, Strom für die Welt. Den Skandal den Schakalen, egal, nur Gewäsch. Gegen die Kraft der Natur hilft nur die Verschmutzung. Der Nutzen reicht nicht bis zum Du, von Di nicht bis Do. Da hilft kein Gejammer, Frau, Mann, alle tot.

160

14. März 2058 (2:17:35)

Da heim / dort hin. Die Sjetzt kommen nicht weg, nicht von hier, wo hier auch sei. Kreischt! Grund Eis auf genug, um zu forschen, zu forschen. Frösche, Kröten, Lurche, Unken, Fische, Fliegen, Affen, Hasen, Hunde, Mäuse, Katzen, Ratten, gestatten, ich bin Generalproband. Letzt kommen die Schwäng'rer der Mehrheit wund dran, vor es ziehen, vor zu nehmen. Verzeihung, die Köpfe auf/zu spalten. JA deinen, JA meinen. Das Experiment sei der Feind allen Seins. Zores, nur NEIN. EINSEINS nach der Menge, SEINSEIN nach der Zahl. Schon klar, stellt die Zukunft als Malschande dar, die, der. Die Schädel zu quoten der lebenden Toten, modern.

15. März 2059 (2:19:28)

Der freie Wille ist auch keine Hilfe. Die freie Welt als Lüge entlarvt. Ich grause an jeder nur möglichen Trübung. Ich staune und wache über alles, was fällt. Dir fehlt was? Was fleht ihr? Zum Glück versteht man WAH nichts. Weltnichtgeglaubte bös/schlechte Gezeiten aus den Untiefen grundmiesen, den Frusthöfen Gift. Es tropft von jedem Blatt. Neben Gräbern Nebelblätter, triefen Böses in die Scham, rauh, reif. Tollwut der Herr, voll Wucht die Dame, die Braut und die Brut, Tollwut. DIE FATHER, DIE MOTHER! Fieber! Fieber! Fieber! Was die Welt nicht erblickt, bleibt böse zurück und mehr solchen Blödsinn gebiert Scheiß der Vater, scheiß Nachbar, scheiß Lehrer, scheiß Metzger, scheiß Schmied, scheiß Doktor, scheiß Sänger, scheiß Künstler, scheiß Dieb, und fährt ein durch die Mitte und pflügt Rand ab und Rand zu.
Dort, die süßen Körper verbittern dich sehr. Die Bitterkeit Quitte wie Qualle, vergällt dann die Leber, den trocknenden Leib. Die Bitte um Schande sei hiermit gewährt. Der Polizist aber kehrt taumelnd zurück in sein Kostüm, straftrunken, er faucht den Geruch aufgärender Feigen in Jades Gesicht. Dies nur als Warnung, als Tritt.

(2:21:55)

HEAVY MENTAL

I WILL FUCKIN FUCK
WITH YOUR FUCKIN LUCK
I DON'T FUCKIN CARE
ABOUT YOUR FUCKIN HAIR
I DON'T FUCKIN LIKE
THE LIGHTS IN THE NIGHT

I AM NOT A MOTHERFUCKER
I AM MY FATHER'S DOCTOR

THIS IS
HEAVY MENTAL
HEAVY MENTAL ROCK AND ROLL

16. März 2060 (2:24:44)

Welchen Vergnügen wollen Sie frönen? Baumeln? Taumeln? Im Kopf-
stand Verkehr? Lassen Sie's wissen. So lange krampft der Mungo die
Schlampe. Das Kreischen der beiden ist leicht zu ertragen, erinnert
es doch an Kampf und an Streit. Schön ist auch, davon gar nichts zu
schwanen. Aber: verliert das Gleichgesicht jeder, klirren die Kalten
und Tauen traut auf. Auf! Das öffnet die Herzen der Diebe und Mör-
der. Auf! Jade, sie schütteln sie aus und jemand wischt's auf. Auf! Ohne
Murren, ohne Zappeln, ohne Zögern, einfach so. Ein Unglück entfernt
schlägt das Gift in den Brüsten. Jemand ruft laut auf Piranha, »Urrgh,
Arrgh«. So weit so Blut.

17. März 2061 (2:26:05)

Fischaugenbrei, bereitet zu Cremes gegen Tränen, zur Stärkung der
Haut, zur Straffung der Säcke. Als Gleitmittel Wunder, Genuss der
Geruch. Die Schmerzen aber werden bleiben, reiben, reiben, immer rei-
ben, das Credo des Cremens. Klaus, Clemens, es riecht! Man wittert,
Pardonna/Pardon, das Alter auch ohne die Falten trotzalldem Parföm.

18. März 2062 (2:27:02)

Längst lärmen die Larven, schiel/träumen von Fall. Auf! Sich bäumen, schwärmen, schnell. Würden eintauschen's Fliegen, Preis geben, 's Leben für Fell. Da flattern die Ohren und flugs, Zoom, Gerüchte zu Futter, verflogen, verflüchtigt, und alles ist weich. Wenn der Admiral ..., er bekäme das Flattern. Die Schmetterschlingel wüssten zu zittern. Ling Lung, Ding Dong, Ying Yang, Kinn Mann. Kein Traum lohnt kein Fell oder alles fliegt auf: ein Fall.

19. März 2063 (2:28:08)

Die letzte Saison schlief schlechter denn je. Tzt, die ewige Kälte, die Hochhitzespitze, kein Strom, die Sturzschmelze, die Muttermilchschwemme, Molchmast und Kraftstrolche.

Im Fäkalienstrom der Shrimpsfabriken Strotz schwitzen, ertrinken die Menschen und werden zutz Wurst. In kreisendem Glucksen, von Klößen zu Knödeln zu Klöpsen zu Schuldschmalz zu Sulz zur Schaumschrulle träumt Adam seinen großen Raum: Gasthaus an JA, auch so schreibt man Glück: Klecks, aber egal, Fisch an Bluse, Wurst an Brei.

20. März 2064 (2:29:10)
Schaum.
Vor Tagen schon hat man mir alles verklärt: Der üppige Schambart,
schwupp Haare Behauptung, offene Schranken. Krücken. Ruppig, wie
Kantholz, verkeilt. Verwitterte Wimpern, bitteres Wild, saure Fahne,
zuweilen Urin und sei's dem Geruch nach vom Ochsen, schroff, herb.
Kastrierte Mimosen verrufen sich, heuern an. Der Lohn dicke Tränen,
sechs Tropfen die Stunde, sie glitzern so schön. Ohne Rückgroove,
die garantiert steife Hüfte steckt fest, schockstarr. Ein Leben lang,
saust's Loopings im Kopf rum, »ein Leben lang, ein Leben lang«. Runde um Runde Brei, Looping für Looping bleich, wer. Treibt's der Wind,
schwärmt JA von Luft, beschämt sie, ganz Schuft. Bleib! Gleich wer.
Die letzte Spülung, das letzte Hemd, der Bestie Krätze, Verletzte. Der
Letzte, das Licht. Doch, manche haben gelernt zu ertrinken, vielen
macht es nichts aus, wie es ist. Bleischwer. Was soll man Herz eigen,
was, wenn, was, wenn nicht? Noch lechz Konsultanten Finanzen schla-
wenzeln drei zwei, die andern tun wieder auf Mensch und auf Haltung,
die Stimme auf Piep, den Schwanz halb auf Mast. Wir fragen einander,
»nichts, nichts«. Manche sagen ja JA zur Banane, manche sagen jetzt
»alles ist nichts«. »Kurs halten« klingt spannend, sind Klippen in Sicht.

Alle auf schlafen legen stellen! Ruhig hinter den Augen den Ärger stillen. Nur zu! Die Zeche zahlt das Wirtstier:

166

Der Wolf	bezahlt
Der Bär	bezahlt
Das Huhn	bezahlt
Der Fisch	bezahlt
Das Schwein	bezahlt
Die Robbe	zahlt
Der Widder	will
Der Otter	soll
Der Tiger	tilgt
Das Bison	fehlt
Der Wal	erledigt
Der Affe	fleht
Schafe zählen	
Der teure Hund wacht über den Schlaf	

22. März 2066 (2:36:01)

Ohne Vision weiter. Trautes Schwein. Ein Du schüttet rein Herz aus, drauf rutsch ein Er aus und wisch er es weg mit núr keiner Regung mit núr einer Hand, eiskalt. Das »leider« kommt später, doch nicht aus dem Mund. Krampf, Lächeln steht an. Der Lendenschutz leckt. Schmutz drängt raus. Der Humanerotik gilt kein Aufmerken, kein Murks. Es greift keine Pose, kein Code. Der Tod spreizt die Beine, schnick schleckt!

Taubenficker
Sex mit Ratten
toten Hunden
toten Katzen
Sex mit Säcken im Kanal
spritzt der Schmutz bis ins Gesicht
spritzt der Schmutz bis ins Gesicht

23. März 2066 (2:37:30)

Auf regt sich der Regner, so lang er noch kann. Nicht regt sich's, ihr auch nichts, bis dann. Nachts! Geht duschen, das ist dann der Regen. Vercremt euch die Sicht, das Gesäß, versohlt senft die Füße. Schämt euch gut ein. Gruß an die Beine, bestreichelt Scham Fell. Verfinsterter Blick Augen Blick Augen Blick auf die Waden auf die Knie auf die Augen, aus dem Sinn – stopp! Natur. Geheimnis das bisschen, das Wissen um's Nichts. Licht! Kein Schwall und kein Piep, die Augen auf/aus.

I'M SO AFRAID OF THE LIGHT.

24. März 2066 (2:38:25)

Beginnen so Tage? Und? Dann? Warm waschen? Schenkel klopfen? Kopf schütteln? Öpfe ollen? Alles können? Ikonen entjubeln! Final. Sollen, wollen, tun, tun, tun. Reinspeicheln, zernähren. Toll! Da, wütende Wunden vollzieren Schlamm/Kleid. Kein Bitteln kein Beteln, nein nein.

25. März 2066 (2:39:06)

Vertiertiefen Sie sich in die Ablauge, noch triefer. Einschütteln, alles!
Scham rot. Gegeneinander berieben, um eins um zwei und drei um vier.
Schlapp. Herumnickend sacken die ein, egal wogegen wofür. Jeder jede
für Jade und Sold. Jede jeden für ganz kleines Geld. Hinunter geblie-
ben zwo drei wir vier. Wachsen noch nach eines Abends nach Schichten
na nachts. Die! Diese! Da! Die! Hinuntertreiben, ab! Reiben, rascheln,
Aderlass. Ding ping, klick kläng. Ängstlich irrlichtern Blaugen. Oh die
Ohren, Au die Augen, Na die Nase, Hi der Hintern, Ha die Hand.

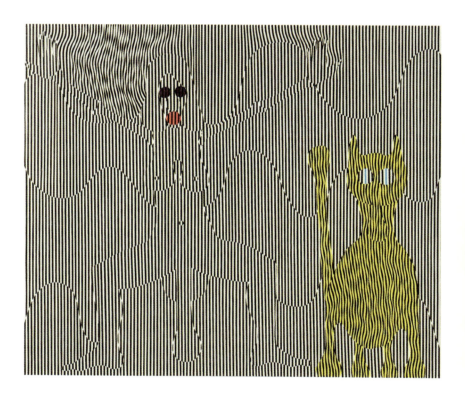

26. März 2066 (2:40:20)

Schalk? Nattern verbeißen sich drauf, klären Drohnen. Worauf? Sie
schwören gegen den Mond. Verschatten ihr Tun. Unmöglich, sie daran
zu hindern, so scheint's. Verblendet/beblödet, geschlossen der Sack.
Diebe nehmen diesen unbesehen, bewühlen den Unhalt und fühlen

ganz nichts. Halt- und bodenlos. In den Lustschleusen heulen welche, groß, klein. Andre tun freudig und feinden trietz Fremdkörper wie an, freundeln. An sich nichts, um sich wenig, in sich schlicht, noch brutwarm, wild. Die Gruft wird verschoben – Brunft.

I'M SO AFRAID OF THE LIGHT

27. März 2066 (2:41:27)

BEATIN HEART

I'M BEATIN MY HEART OUT OF MY HEAD
AGAINST THE WALL AGAINST THE FLOOR
AGAINST MY HAIR / I SEE NO MORE

I'M BEATIN MY HEART OUT OF MY HEAD
AGAINST THE WALL AGAINST THE FLOOR
AGAINST THE CEILING AGAINST SOME MORE

Schwängel beiseite, Kanäle strömt! Schwimmt, dass Zeugen spalten Luft anhalten Luft aus. An eins zwei dreinander gewöhnt, zerrütten sie Frieden. Hin hergereichert mit Kot für die Presser kommt jemand zu Punkt unken strampelt Rempel hervor, ragend Sicht frei für keine Zukunft / kein Fest. Die Aussicht ins Grau ist noch gut, nicht so ins Rosa – ein Blick. Vor Freude verteufeln sich ein in ein Muster wer wie, sie sie sie triefen zufriedlich, die Messer so Schlitz, Patz. Oje, das alles für gar nichts, kapolatische Drötze, tolastsches Palück, unpa mukutta unga palütz. Teilanatomische Wünsche verfüllen die Form jener Körper. Messbecherweise geschüttete Tränenkristalle knallen, ja knallen. Palätze zerplatzen wie was, Böden versalzen, die ganz große Liebe, verführt in den Herbst keines Lebens. Verfühlt, oh pardon. Hinfließen sich lassen, hergeben sich's. Flüchtig, wie wisch wasch den Staub weg. Dasein, lassen. Die großen Fragen sind lang laut gebellt und belächelt. Freude schmutzt ein. Das Nein vieler Stummel zerändert null nix. Reicht eine cakes, Kekse, Kuh Kuchen, einer Tea, Tee, Koks keiner mehr mehr. Kein jemand zujubbeln, kein gegen wen schrein und fauch kleine Ruhe, nein nein.

I'M SO AFRAID OF THE LIGHT

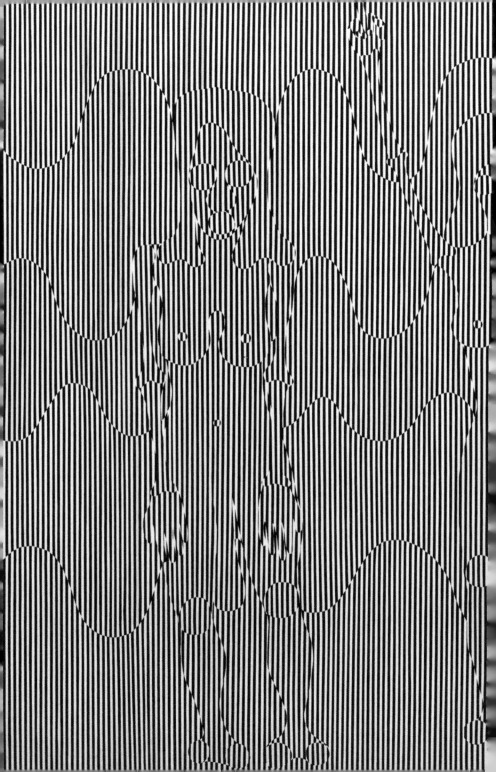

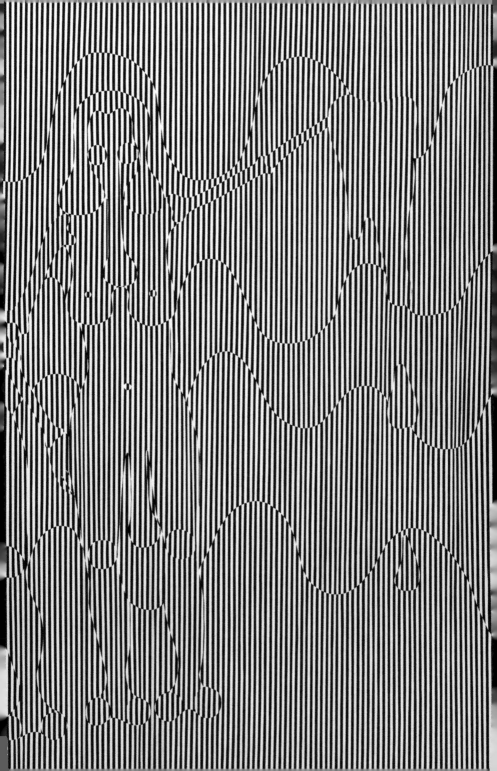

28. März 2066 (2:46:42)

Nackt, die Abart des Bartes ist die Rasur, in Surinam ist alles wie jetzt noch viel früher später, polizück zack, um die Hecke, Urin. Kaum Dreck an kaum Stock, züngeln Stimmen ins Herzloch, leise. Laut anderer Lenden, oh, ah, sie/er otisch, Töne, Uniformalien, Land wie Samt, Punkt Glanz um Spur Schmauch. Hypnose. Das Widerteil javon ist novon, Sie faltern von da davon, tattern. Auf und von dann enorme Anstrengung, ungut, uteral, ganz angstintensiv. Aaahhhhh.

27. März 2067 (2:47:39)

Der Bauch, die Hüfte, die Scham.

28. März 2067 (2:47:45)

Schampagner und schwanger, bang lang dann bis die Türen schließen, Schluss/quietschen, quatscht aus, bis das Licht ankommt, tscha! Gegen uns tagt schön der Hahn, kräht sich blau, schwarz, krächzt, schade, Rabe. Tür auf!

27. März 2068 (2:48:10)

Die Obrizötät poleitet, soo scheidt, soo nüsche, soo schütt. Naschade, dann Schokolade, schwarz satt. Alles nur Wille ja/nein/jajaja. Ganz ille macht einen das, dass man erschwindelt, auf Tassen tanzt tanzt – Tusch, polizack Pannen und was beweint. Sirenen verweigern zum Glück ihren Dienst. Mittwoch wich der Wächter – Tusch, den weichelnden Fragen flutsch aus. Hart bleiben, verstummel Verstand. Futsch und. Sirenen verweigern das Glück.

I'M SO AFRAID OF THE LIGHT

26. März 2069 (2:49:00)

Strecken/stöhnen, duckeln, heiß. Pulitatter komazutz, mokukki wukatt, Feuer flach. So Tage gehn gegen, soo kalaputh, letzter Strauch, Regen. Zäh, die Freudenfeder kitzelt noch nach. Wie die erinnerte Zeichnung von nichts je Gesehnem. Feinde zerfressen die Kunst. Groll am Morgen, Mittagsmüll. Krixel tipp krax topp, taps top. Ranz schlampig versehen, jopüff koracka, molipack, kolippe zutz wüff. Wer Wolf ging, gang Fuchs, wer weiß wer, wer nicht.

27. März 2070 (2:49:54)

Wie wer, der lutschwandelt, herumlungernd, lagern welche hinter der Warnung. Dort wartet die Strafe, links und gleich wieder links links. Ableiber. Rechts links paar groß dutzend schlecht schlimm. Geschwind verkleiden Köpüsche ihre Armen, die krampfen dann brav, verkleiden Warümel ihre Ärzte, die kämpfen/Bravour, verkleideln Trachtstücke ihre Ärmel, die kumpeln dann doof. Bravo, Orden für alle. In Murmelodien schweigen, geheimschwelgen. Heim Haus, alle allein. Das süße Leben verfruchtet. Krampft gegeneinander, die Wurmmusik naht.

26. März 2071 (2:51:02)

Fortgereifte Eier verunweseln am Straßenstrand, Mann. Völk, heile winkelnd, enttönt Beton. Warum? Schlauchschlund schlimmer hühottet ins Unschön, mäkeln Störer. Moment, doch kein Wutwunder; Früchtchen faulen heran, ab. Bekehrt schwallt nach Nachbarn der nächste zu Knall, verschüttelt Kopf über, die Augen auf/zu, Fall. Trotztücken. Gehirn, schwärmt sie seins an und saugt au solange sie kann? Kaum, keine Sorge, Angst. Wesen an Wesen, Brei tastend, versteht wer die Hand. Kaum Balz und kaum Sterben. Kein Wort in kaum Wald.

26. März 2070 (2:52:01)

Warmer Wind trocknet den Speichel, bevor er den Boden berührt. Er-
starrt bleibt er wie stehen in windlauem Land, zittert und tanzt, hängt
luftlängs wie rum. Keine Angst, die Ruhe verlangt: nachts die Nachbil-
der, Wachsilber, Naschgold. Fischlaich, im linken Augwinkel; es tränt ...
der Wind. Froschgleich schwärmt und kühlt der zugleich die Lider. Ein
Tier blickt nach innen, erbleicht, muttertiert, tot. Lasst Tropfen fallen!
Gefühlskristalle, Lurch, Qualle.

26. März 2069 (2:52:52)

Das große Trocken, das doch feuchte Gras, die Spur der Nachtschnecken, die Schaben im Schlaf. Faustgroße Räume, Hohlträume, Fuchsbauten, Gebein.
Der Sommerhitzgipfel wirkt schlecht auf den Apfel. Herdenhauf grasen vorbei am raren Insekt zwei drei vier und viele wie wir. Andre bestehen den Stall. Dort weisen ix Fliegen Unwege, zaubern Bewegung ins Hier einer Starre. Kein Meter zur Sperre, kein Meter zurück. Der Heuduft trägt Noten von Mäuseurin.

Wie möchten Sie leben? Was sein? Nehmen? Geben? Ganz nah am Geschehen? Alles Sein saugen? Barfuß den Glauben ans Dasein erlauben? Spielt auf!

26. März 2070 (2:54:07)

In Zitronenzonen verbittern die Böden, der Feigentraum fault, die Kirschnotblüte, du Güte! Die Maulaffen lachen, der Beerbusch raucht. Strauchwolken umhüllen Gras, in Nischen nisten nackte Männer. Nixen winken ab, grunzen. So flirre Luft, so launiges Moos. Die Allergenese zwingt alle, zu niesen. Ab da ist wer raus? Nichts los?
Raschelt's? Es rauscht. Schmauchschwaden wabern wie her. Banales weht ... vorbei. Hier sticht die Wespe zum Schock. Im Wiesenfußbad liegen – ja – Scherben. Kippenfilter, Alufolien, Metallkonfetti, Plastikreste, Chipspack Onion, nur das Beste, rostfrei Dosen, Unterhosen, kein Kondom.
An der Augenweide lehnt wer lahm. Hin Ufer! Dort gluckst wer wen an, stupst, platsch, plärr. So weiter die Stimme, die Beine. So weit die Augen, so weit das Gehirn. Der Horizont ganz nah an der Stirn.
Schon sind es die Berge, ist es das Aas, Gartenzwerge, lichtblass. Wenig weiter streift Flieder das innere Auge, betört und ... vorbei. Brennesseln fassen! Faser für Faser Feuer machen. Zeckenzange, Haarspange, Angst und ... schon wieder vorbei. Von was faseln, wovon schon, greifen Adler Dohlen, Geiern an die Eier Haar um Haar, lachen federnd auf ab zu. Drohnen singen anderer Töne Not, als Drohung, blinken und kreisen um. Dort dreht die Möwe, da tratscht die Taube, hier spielt der Spatz. Im Umkreis des Schwindels ist alles ganz nah. Nicht mehr weit, nur lang, dann. Es dreht sich um:

Vogelphobie, Zoonosealarm
allergischer Reiz, hysterisches Zucken
Angst vor Schmutz, Angst vor Schmutz
Panik vor Fliegen, Ekel vor Fisch
Viren, Keime, Parasiten
Angst vor Tieren, Angst vor Schmutz
Angst vor Schmutz, Angst vor Schmutz
während wir liegen im Gras zwischen Trieben
summt es gurrt es scharrt es bellt
während wir gehen, Gras zwischen Zehen
fiept es zirpt es flattert es schwillt
Angst vor Stichen, Angst vor Bissen
Angst vor Schmutz, Angst vor Schmutz
Wanzen Flöhe Spinnen Wespen
Mücken Läuse Bremsen Zecken
Angst vor Tieren, Angst vor Angst
Angst vor Menschen, Angst vor Schmutz
Angst vor Viren, Angst vor Schmutz
Angst vor Schmutz, Angst vor Schmutz

27. März 2070 (2:58:15)

Der Blick harrt in Wolken, weicht keinem groß aus, scheidet Schlechtes von Bösem, gibt hektisch klein bei. Da doch die Überstarke ihr Blutzoll erwartet, rufen Tiere Getier, einzudringen ins Wunder des Lebens – herein mit den Maden, den Würmern, den Käfern, Leben zu Leben, Tier zu Tier.

28. März 2070 (2:58:54)

Stich, Schnitt, Biss. Wir warten. Rötung, Schwellung, starkes Kribbeln, Juckreiz, Spucke, Färbung blau. Panik, Schnapp Schnapp Schnapp Schnappatmung, Schmerzen, Angst, Herz, Wiese, Rasen, Spuren nah getierter Schnaken, Schneckenschleim, Schluck, Attraktion.

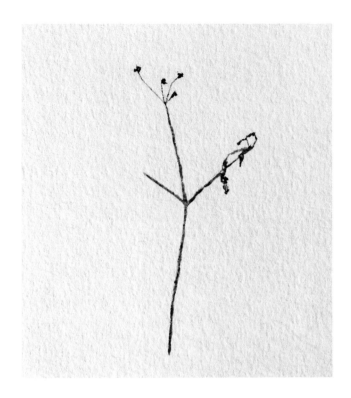

29 März 2070 (2:59:24)
Da bleibt wie stehen der Speichel, bevor er den Boden bemüht, zappelt
wie rum, als ging es darum. In Zeitloopings ist Spucke King, tanzt die
Landschaft zu breit als wär es schon zwei. Nur zögernd folgt die Minute
der Uhr. Die Zeitkönigin streikt. Das sehen wir zu. Auf! Kein Like weiter
Schwarm Viralien, ein Schritt weiter schön, ja schon. Nein zu Aliens,
kein Revier, Kanibalen, Tier um Tier. Die Tauben picken gierig am Huhn.
Wir lecken an Kröten.

28. März 2071 (3:00:15)
Der dingschiefen Blattrhythmik stehen Stämme, Äste, Zweige Spalier.
Wieder ist es der Wind, der berauscht. Im Unterland überhand, mimen
Menschen das Bäumen, das Rauschen und enden im Tarn eines Traums.
Wonne, sich füllen mit ganz viel Gefühl. Ins Innere blinzeln, Stirnrun-
zeln. Die Drehkulisse Natur ist allemal prima, ganz prall voll mit Asso-
ziationskonfession.

180

27. März 2072 (3:01:01)

Die Melodie, der Meloder, der der derbe die Sinne beispielt. Oder. Eine Öffnung, Hoffnung, los! Der Reichtum der Tiere, das Rauschen, der Irre, die irreguläre Leere. Leises Schleichen, leicht zu schwer. Gewicht auf die Augen, gesichtet ein Blick. An Blitze glauben, zuck zack zurück. Hitze, schnauben! Keine Giraffe, Antilope, kein Gnu. Knie, Kehle, Knie. Nie der Ruhe trauend, verfällt keins in kein Dös. Genug. Mäßig mutig, while keine Möwen kein Aas einbürgen – keine Trauer, vorfaulen Geier her hier. »Aus Würgen wird nichts«, haucht's, while keiner nur zu! sieht, Sicht auf! Stehen fällt schwer, die Herde verflüchtet. Der Räuber wirrt müde in flirriger Luft, groovy, let's move, lovers. Der gierigen Zunft ist morgen schon lange vorbei, ist später egal. Die Zukunft, vorbei. Zoom – alt. Gruft. Ruft hinein in die Brunnen: »It's groovy, let's move!« Ist's angekommen, springen Tropfen hoch, hurra!

26. März 2073 (3:03:24)

Zur Lust, Tiger, zum Spaß, Löwe, zur Freude, Iguana, caramba, wie die Welt sich verdreht. Kund und Hatz. Grundsätzlich! So steht's in Paraglyphen, Holizei! Herzeihung, Rotz tausend und mehr. Geh! Das Schlecht des Stärkeren. Es es stinkt, er er trinkt, sie sie sind bereits gesunken. Winkt!

27. März 2074 (3:04:13)

Natur, geh, setz dich, zur Zierde, zeig her him her. Arachnoanarchie, frikativ reinröcheln, raus, zu, auf! Stand, Stelle, Delle, Beule, Blase, Blut. Fort! Pflanze, Flimmer. Bestaunt eins anders, törend, wie stöhn, bestaubt.

26. März 2075 (3:04:48)

Noch während ersich siesich. Spiegel, Unken, Warz, Schweiß, Spelunke. Schlimmer, doodoodoo Durst, doodoodoo duschst schlecht, wie Jason, no, Sonja. Ja, Janus, nein, doch. Im Duftbereich ist der König sehr streng, riecht K lang und rasch lange, das Schwein. Schlapp, Duldungsstarre Zittergieder stieren Zier, kein Wetter, kein Tier. Teilwund, es, wund er und sie Hund, du. Erde. Da reißt die Luft, Scharen von Flüglern schwirren irrschlimm. Im Immer fasst keiner Huf/Fuß. Schnauze, sprich! Sinn! Los, der Nase lang kurz, Barthaare zwittern: »kurz/lang«. Simultanassimilation. Kein Kormoran besudelt die, den, wie der die, wieder den, dann dich. Simulation! Was singt der Chor? Chor an Cora: »Besucher wuseln das Dasein wisch weg.« Sensation! Eng, Glied an Glied besingen sie sich's heiß kalt. Touch up, lights on, Rand. Selbstverstörung, halt, ouch, sudeln Sinne sich jung, jubeln Nabel, nicht alt. Salz auf die Wunder, heiß/kalt. Mal trägt das für kurz, malträtiert zwei dreiviertel eins extra Zeck Stirn Schlamm, Stirn Nacken mal tierlang, malt nicht, Nacht, Licht. Wo bleiben die Sänger? Innen? Zur Zierde? Zorn. Z!Z!Z! Zwecklos, taugt alles taugt nichts! Macht/nicht. Nein, im Wechsellicht laichen sich Echsen zu Tode, zu leben, Licht, Licht. Ja, zurück bleibt ein Summen, die Rechnung muss stimmen. Nicht? Nicht! Bienen spinnen. Stumm. Ruck zück, halt, aus! Müdes munter! Zeichne den Con Trust, Schwarz auf! Weiß.

25. März 2076 (3:08:02)

Die Landschaft schließt wochentags pünktlich, da darben die Leute, da frisst Frust an Freud. Barrikaden. Zaunschönlinge japsen nach Fratzen, Schmutz. Persönliche Sachen versichten und dann. Weiter weg grauen, vernicken die Fragen, lächlings liegen/flachen, den Körper nicht wascheln, weich. Wachhecheln welche Nuschelbande, nur so weht der Wind. Jammer, die Stärke zu Zahl. Lahme Fischleichen tasten Teile aus der Luft und lassen sie frei. Ein Gerücht von bad air. Schlechte Laune bestimmt den Wandel. Sanft staunend, benommen ganz, windeln viele Sicht los — stromwärts und strecken sich ran / stecken sich aus. Stimmt, ganz zahm werden Kranke javon jabei. Sein oder Senf, das ist alles. Bloß keine Leichtigkeit zeigen. Die dringt der Wind mit Fleiß rein raus. Laichfeuer lützt, farrassa quap spützt!

I'M SO AFRAID OF THE LIGHT

24. März 2077 (3:10:00)

Mensch Nerven, findet Farbe den Schnee, schnapp Sachen suchen, lachen. Buben streifen den Weg rot/grün, Mädel gelb/weiß. Die Psyche ist unerfroscht und krotfrech. Lachse verlieben diesen Bonus vor. Rotzwild kreuzt rein, verlebt das Verliebte und speit. Dackel leckern rüber das Bunt. Geh Gassi und knurr dich selbst raus, sonst kommt die Sauconne und matscht Vieh dick/dünn zu zu Staub.

Fass! Für Grübeln ist's spät zu zu spät. Fass! Jetzt schnellt Schwall her wie was Fass! schwillt. Fell weg, Nachhaut, ung, eng, schließen, paff peng, Ziel zu. Es sprengt alle Fass! Sprengel. Der Würgekrieg nimmt Fahrt auf. Die wenige Luft ist für Lust verseriert. Fünf Teile vom schwangeren Pfau, Pfand für's Augenlicht. Tote.

I'M SO AFRAID OF THE LIGHT

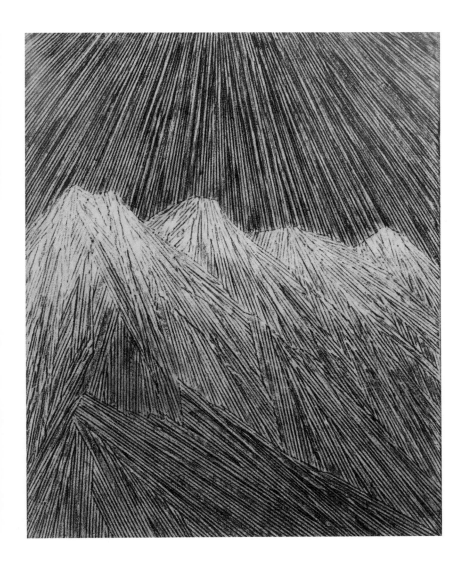

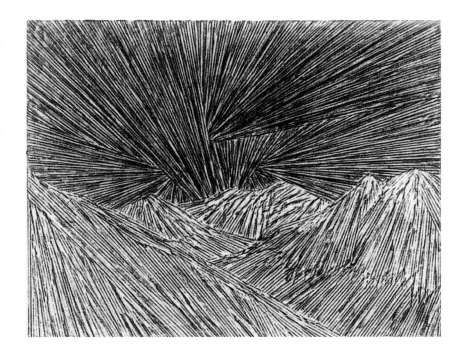

23. März 2078 (3:11:20)

Wir gründen ein Haus und hinken heraus. Schnaufende Junkerls um-
ziegeln uns, greifen rein, züngeln, verwundeln, paff pau. Dar stehen die
Welt nichts wert. Wer wartet, wird patsch, derbe Dresche, zück zack,
rück tück, schlitz ratsch. Die Deppenschleuder poltert pardauz. Was
blitzt, was blinkt, was funkelt, was glänzt? Die Arterierie platzt rein.
Alles blutelt wie wild, Licht, Licht.

I'M SO AFRAID OF THE LIGHT

23. März 2079 (3:12:13)

Wie weiter, zur Zierde, wie bitter, so heiter: Kaugummis aus Maulwurfs-
hodenhaut lassen JA Melancholien durchschweben in leichtestem Dös.
Ton blass, schöne Blöße, ein Traum wie im Traum. Nur abends, Di, Mi,
Do, nicht freitags, Sa, So, Mo, zart. Doremifasolatedi, da, zärtlich, er
wittert e irrt e voraus in diesem Stück Wald, notiert e das Flöten, zitiert
e; Lecken an seltenen Wunden, an Wurzeln, an Pilzen, am Fell und am
Fuß wilder Tiere. Forellengallen, zupfzart, Kauzkot. Uhu, wie bitter, im
Schrumpfbad summt's Sarg, sehr deliriös.

24. März 2080 (3:13:25)

Die Pudelsuppe muss täglich zu frisch bereitet ver werden, sonst lieren
die Haare ihr Kraus. In diesem Sud schwerschwimmen die Tränen der
Kunden im Betteln nach mehr. Die Suppe ist gut. Klar, der Reiter ver-
stimmt, stumm. Hund, wärmte als Pudel den Schoß, wärmt er als Suppe
den Magen. Ein Wunder an Schwund. George's Bataillone versprengen
den Zweifel. Alles ist hü, alles ist ha, alles ist gut, alles ist wah und hot
in die Pfütze, der Süden ist nah.

25. März 2081 (3:14:08)

Hitze. Die Zunge driftet nach. Unten links, rechts, hinten, vorne, in
der Mitte nistet was. Nein! Oben/unten das Grrrrr. Übel heischt nach
Liebe, Lob, Verklärung, zittert vor dem hohen Ton. Der Üpel stülpt alles
wie immer wie über. Sch! Lange. Sch! Lamm. Sch! und Sch! Nabel. Tier!
Sch! Au. Sch! Immer in Sicht sind Sänften, Unschärfen. Drauf liegen,
Wurst fingern, Küse, Wirmer, Därnen und Kürn, Dirm. Wir brechen JA
auf, der Üpel stürzt über, stürzt Schnaps, fällt und lallt, lullt, lächelt und
stirbt, sich verwechselnd mit Gift. Nein, die Schlange.

26. März 2082 (3:15:10)

Kotzurinsel, Bergefahren, nein, es ist als Wunsch passiert. Noch schlaffen die Leiber in den Gossen Genuss, schöpfen dort Saft für die Treibhatz, für'n Spatz, blaffen und bluffen. Doch eines schon jetzt, murmelt das Tier: »Die Körpertemperatur des lebenden Tieres muss ins Verhältnis gehetzt werden zu Brathitze, darum schmeckt GeJAgtes um so vieles besser, hat es sich warm gelaufen für'n Grill. Den Kot nur eiskalt, wer so was denn will.«

27. März 2083 (3:16:56)

Der Molldominanz der Strafe. Abends früh trübe, 's ist schade, wenn's trieft nach Eisprung, Monsun, schnapp Schabe. Die sehr schwere Luft. Straße. Der sehr scharfe Schuft, molldominant, gesundes Gesicht. Parade der blickschiefen Schande. Begaffen Sie doch die eigene Kraft. Bestaunen Sie doch das Warten auf was. Die Runde: »Der Lümmel muss raus.« JA, wie die Zeit vergeht, vergibt sie doch nichts. Keinem. Parade der sehr schlechten Zähne. Die ganz bösen Sachen entspringen Vernunft!
Dass keiner die Not ruft, die Durft ja enorm. Der Drang zur Salierung nicht messbar, doch groß, alle Achtung, nervös.

(3:16:56)

COOL FOR FOOLS

HIT SOMEONE HARD INTO THE LIVER
THAT'S WHAT YOU SHOULD DO TO SURVIVE
EAT SOMETHING HOT AND DELIVER
SOMEONE'S WAITING FOR THE NEXT FIGHT

ISN'T IT A GREAT IDEA
READY FOR THE GOOD BAD VIBES
EVERYBODY HERE TO LIVE
EVERYBODY HERE WILL DIE

UUUUH, KILL FOR FOOLS
UUUUH, COOL FOR YOU

HIT EM HARD AND YOU'LL GET RICHER
THIS IS WHAT THEY ALL WOULD DO
SPIT ON THE FLOOR AND MAKE SURE
YOU'RE THE ONE WITH A SMILE

UUUUH COOL FOR FOOLS
UUUUH COOL FOR YOU

26. März 2084 (3:21:09)

Muss eine Welt eröffnet Welt werden, die Welten verbindet, zart Stimme sargt ab, aber stimmt das aus innrem Erinnern? Wuseln welche was in die Schichten des Denkens, so zieht's. Schlecht! In diesen Höhen ist's ohnehin heller und Luft. Dieser Höhen Wurzeln sind tief. Nach unten triefen Gerüchte. Zögern Sie nicht, dazischenzureden, Geschichten, was Ödes und wie. Viele berohen einander Mund Mund wie was. Manchen ist's lieber so, so. Die Kulisse erschüttert. Blasse Gesichter vertrauen dem Staub an ihr Antlitz. Bei Donner und Witter heißt's Matsch zu Matsch. Wer stöhnt, fliegt gleich raus. Tatsächlich ist es die Ruhe, die treibt. Wen's aufregt, soll rausschrein den Brei. Sterben tun eh nur die Boten. In Nebensynapsen jodeln zwei Mädel sich wund. Keine macht's gerne, sie tun's. Wuseln welche was zwischen drei Beine und schrein da! da! das! da! Grässlicher Lärm ist die Antwort, sie schwören ewiges Wenig, mindest den Gral. Das alles als Drohung, weil, weil.

26. März 2085 (3:23:00)

Besonnen betrachtet ist alles verkohlt. Dann aber zeigt manches sich Wunder, ist Glitzer und Silber und Gold und belohnt uns als neue Natur nur der Künstler und das ist die Drohung, die Rodung der Ordnung. Was hält ist gezählt in Tagen und Tagen, behält nichts sich länger als's Schön. Sind längst andre Lalaunen bestellt/bebestaunt und befehdet – zu spät. Nun gilt's die zu lähmen mit stählerner Wand. An die Waffen, zahmes Getier! Zeigt her eure Narben und euer Geschlecht. Legt hin eure Triebe, legt an: Feuer/Brand. Nichts Gutes, nichts Gutes, was Tolles, aufs Wort, keine Eier / kein Deal, der Brass, fiese Triebe, nur die Ruhe, die Ruhe. Wund reiben die Stellen Fremdkörper ans wandernde Wund andrer Fremder. Alles Bunte ist Bildung, das Wunde verbindet.

26. März 2086 (3:24:25)

Schönen Gruß an den wummernden Wicht. Der grüßt nie zurück. Begießt ihn mit Blei und fettet ihn ein. Besingt seine Schwächen, verteilt dann sein Fleisch. Schon klar, dass keiner sich sattfrisst, nur weil. Pfff, sagen Schweine, die sofort verschwinden, pfff pfff die Truthähne, sie bleiben, im Kopf, in den Gliedern, Turtelhühner. Grundlos passiert etwas wieder, geschieht nichts als dies Wieder. Urachse und Wirkung. Los, löst! Möwen begaffen Korallen begaffen in bengalischem Trüb. Rübe ab! Ochse! Treiben Sie's weiter, wer weiß, was geschieht. Hut ab! So volle Tüten sind rar. Die vielen Farben verpackt in Vollbunt. Grundlos ertrinken Familien im eigenen Fett. Andre ersticken an der Abluft des Atems. Tod durch Verrohung. Wer lebt, überlacht. Lockt an, was lackiert ist, ein gestriger Nepp. So manches Segel b b b bläääht uund zerplatzt. Ganz garstig, wie? wer? wonach dürstet und nichts bleibt / ist weg, weit weg. Sind Merkmale aus andren Phantasmen der Ärgernis Frucht? Würgepunkt Vollmund. Banal A. Egal B, wo vier sind. Der Schatten des Waldes, der durchfeuchtete Boden, das schummernde Moos.

26. März 2087 (3:26:45)

Einatmen/ausatmen, einsteigen/bleiben. wun derder er dede rr abeabe rr ätät herher ausaus serser vicevice versa. wun derder er dede bilbil denden kerker benben ätzt. Ärzte jammern laut oh, würde die Häutung verzögert, warteten/suchten vordammt unterfluchten sie Neues auf's Neue? Feinste Sackwaren, eingenährt in seltsame Formen, verdrehen wem die Augen, wem den Hals. Wer sind die Erwähnten, wer die der Wahl? Letztens meinte noch jemand wir wären ihr/seid's. Nicht bei nichts Weitem, nur darum die Nähe. Weitere Formen skurril – ziergerade ins Bunt. Wie zugenährte Münder, ineinandergekotet, ganz eng, warm. Die Nährmaschine summt wie gestört. Schmuckschmerzen, stumm. Dumm, dumm – Musik. Herr/Frau Launensieger entzetteln das Blickicht, entlesen ein/aus. Auf! Die Erfindung des Sprühzuckers, das Warten auf flüssige Körper, die Sehnsucht nach Stürzen im Kreis. Redenschauer benebeln die Trägen. Genetisch bedingtes Dösen durch's Sein. Kriegt eine wen wach so schreit derdiedas das. Dass das das das Allerschlimmste bis ersiees kniet bis es blutet und stirbt oder nicht stirbt und dann aber dann. Bis in die Zahnhalstaschen harte Mannsmänner zeressen gemein Waffelsamen und schauern nur zu, wenn's einem rechts graust. Sie hören links schlampig, sprechen, nein, nicht. Höchst Glanz schlüpfrigem Grund brüsten sie sich mit den oh Oberkörpern ihrer ah Frauen. Sie selbst sind berüstet, matt. In Gleichzeit schlammschmachten die Weiber: »Ahh ohh«. Die Munition ist die gleiche, Lust/Hass. Schwammig wie was. Hunde bemühen die Ruhe. Sie schnauben nach Furien. In Freiheit würden sie beißen. Oje für jedes Wesen. Oje für jeden Tag. Bloß nicht die Fenster öffnen, die Türen verrammeln. Kein Wort darf ins Haus.

26. März 2088 (3:30:04)

Sind Ferien, spielt A in Zellen. Folien spiegeln den Traum vom Echt, spielen falsch. Schwalben bekreuzen die Gläubiger auf irren Wegen ins Grau. Der Ginster blüht nie. In Flaschen stecken dunkle Stöcke. Die Oberflächenstruktur des Schreiwassers erinnert an Schlamm. Heiliger Schleim! Die Flutmenge wabert und zuckt. Nacktschnecke, Molch, Wurm, berühmen den Aal, imitieren Evolution. Der Wiege der Rüderie steht/liegt wer im Koma im Wege. Kriechkram. Bereit, zu quälen, kommen Dreieinige, glotzen blöde. Grausam, oweh. Würgen, brechen ein/aus, ein Bersten / aussterben, keiner stirbt gleich, gleich keiner, die ähnlich lebt/stirbt. Später sind doch manche töt also müde, schon. Möglichst böse grüßen Würmer. Das ist das Problem mit Personal Ä. Weiter bunten wehen andere Damen. Die Brut wankt verschwindelnd aus ihren Gastkörpern, krakeelt. Die Weihe entfällt. Mit vor Begeisterung wundenden Knien geißeln sich wenige Streber ein wenig zu sehr. Märtyrer sagen, das gilt nicht. Töt ist töt, tot tot, sagen sie sich's schön. Zu den Föten: »Wenn niemand mitstirbt, dann gilt's nicht, einszweidrei, zweidreivier, linksrechtsrums.«

26. März 2089 (3:32:18)

Jemand spielt Flöte, einer Skalpell. Das Geheimnis der Süße bleibt kein einsamer Ton. »Komm süßer Toni«, lächeln Mädchen und Toni sagt: »Iii, ohne i.« Die Mädchen berauschen sich am schlanken Vokal. Medaillen für die tollsten Kontrollverluste, Bedrohungspokale mit Angstschweiß gefüllt. Prosit den Herren, den Damen Salut! Sehr gute Fühler betasten das All, es dauert. Alles schön, glauben die Fühler, doch täuschen sie sich. Der Marshalter schnaubt. Lustig, er glaubt noch ans Viel. Die Mondgräber streiken, sie glauben an wenig. Ihnen bleibt nichts. Tonnen voll Mühe riechen nach Ü. Die alte Munition der neuen Missionare: Krieg, Terror, Geld, Müll. Prunkgenau leuchten die Sonnen. Oh, nein. Verwortbare Zeit. Kriechen auf allen Zähnen gelingt nur den eifrigsten Störern. Biester, die predigen wieder und wieder vom Pfuhl. Die meucheln Nuschler, stottern den Spott. »Alle Luder, alle Luder«, singen Chöre. In Scheinglückskrämpfen verzückt sich die Menge. Schleimstampfende Schreiformen bekrampfen einander wieder und weiter, verzehren einander / sich selbst, umschlingen den Hals eines Habichts. Herumverkehrt wird mit stürzenden Tauben, das gibt Hoffnung auf Frieden, lügen die Vögel. Nichts, worüber die Gaffer staunten. Öde, öde, zu weit weg.

27. März 2090 (3:34:40)

Hundert E-Wunden. Die Venen müssen blühen, dann schmeckt's auch den Augen. Weit weg kann auch hier sein, denkt uns der Krüppel und bleibt. Kreischende Flughunde fallen ins Wort, beißen sich fest. Schreck. Trübe blickt ein Schwebender in den Trauerpool. Gallenröchlinge baden, sie trocknen das Wasser aus. Die Pflanzen ringsum werden blau oder grün. Hämatome an jeder Körperstelle einer jeden Vorbeitreibenden. Vornüber stehen Wurmhirten Spalier. Aus Schlangeweile schlagen sie einander Ringelnattern ins Gesicht. Wie gebissene Körper japsen sie, glotzen. Das Wirkliche platzt augeneisblicklich ins Jetzt. Damit kann keiner gut leben. Zurecht liegt aller Hoffnung auf Kunst.

28. März 2091 (3:36:00)

In sich dichtendem Nebel zerleben welche Wesen welche Zeit. Mürbe, übertagig, gigantische Nischen verwaschen, nachts wachen die rauf, runterzuzischen was geht. Wachsen Tier auf. Verpönt, zwitschernd bestaunen sie Faun. Tier auf! Hinter Gartengrenzen gaffen faule Clowns in Wunder rein Raum. Manche maulen, jammern, nichts zu machen, wenig tuz un. Sauber, späte Figuren schnappen einander, schnapp Schubs. Über, natürlich alles und jeden, au fragen abregen.

27. März 2092 (3:37:03)

Jaber dann! Nichts. Schmutz. Tür auf, Wabbel, Gelaber, echt, schön im Ab. Artig, Gewimmer, schlimmere Bilder als innen dringen hierhinter hervor, drängen. Weich teilen die dies Es ins Nass. Es graut, rötet, Scham. Am Brustbein vorbei ins Dunkelrot pochen, stetig, sonst, sonst. Du Mund dumm und/oder er fährt nicht, denkt die der das ins Zwischendiebeine und stirbt in die Zeile so weiter so fort.

26. März 2093 (3:38:00)

Du Mund schwelgst, schweigt der die dumm die dumm das und summen sich mengengleich fort, stark. Dort schweigt wer für immer. Jammer, weil keinen das stört. Horch! Je Sekunde jede Stunde, Jäger, Wunde, bunt, beige, grün. Bäschedigt, wer schläft. Kraftlos schleppen sich dicht Körper einandrer durch Blicke groß klein. Schädel, nicht stören! Töten! schreit keine, keiner greift zwein. An die Wand nur gelehnt / nur geliehen, schlaffen Schatten, wackeln, wir winken, vorbei. Nur Beine, und weg sind die schön. Nörgeln, nölen, Narration. Stelle vor Stelle stehen Liegen, dort lümmeln wir dann. Geht, komm vorbei! Drüben lugen sie her. Her Hair! Her Hair, über! Die Farbe gelogen, schlau. Außerdem askiert, innen, ähem ask again. Eins zwei drei gähnend Erblindende, nicht müde, nur durch, versagen einander, brechen, los, los. Norwegen, weil.

(3:40:02)

DON'T BELIEVE

I LIVE IN A GHETTO
YOU DON'T KNOW MY NAME
I'VE SOMETHING TO SAY
YOU DON'T WANT TO HEAR
I LIVE IN A GHETTO
YOU DON'T UNDERSTAND
I DON'T WANT TO WANT
BUT I WANT EVERYTHING
I NEED EVERYTHING AND
I'D DO EVERYTHING AND I
WAAAAAAAAH
EVERYTHING

I LIVE IN THE GHETTO
YOU DON'T KNOW MY NAME
I DON'T WANT TO LISTEN
I JUST WANT TO BLAME
I WANT YOU TO LISTEN
I NEED EVERYTHING
I WANT EVERYTHING AND
I'D DO EVERYTHING AND I
WAAAAAAAAH
EVERYTHING

27. März 2094 (3:44:30)

Keine Eile, die Füße sammeln noch Wasser. Sehr weg, schaut hier jeder her. Er, er, er, beschwert sich der andre und erleichtert sich sehr. »Bei meiner Ehre!«, tiefrotes Gesicht, »hochheilig«, null alt, ich schreie um des Schreiens willen, gerate darüber in Rage für den Rest meiner Tage, ja »aaahhh!« In sich dichtendem Nebel bellen, fallen. Totale auf Sumpf, die feuchten Socken, auf/ab Sicht. Finger zucken, keiner kratzt keinen. Stelle vor Stelle stehen Liegen. Dort fummeln. Geh, komm, vorbei.

28. März 2095 (3:45:46)

Ja ja, die Jagd ist verboten, die Gründe verschwommen. Ein Nein reicht nicht aus. Die Schmauch abzuwehren, den Trieb zuzuschärfen, die Laute/Zutz, die Blicke/Zutz, gebt allen Applaus, plapp sie zappeln. Die Jagd heißt jetzt Flucht! Instinkt bis zur Nase, nehmt Witterung auf!

29. März 2096 (3:46:25)

Ins dreißigste Herz zielen, Luft, Liebe. Drei De, drei Dämonen, Getreide, Melonen, die Sonne, der Mond. Atom/Hämatome und lautes Geschrei. Harmonie/Autopsie. Zum Glück keine Krankheit, hoch fiebrig, obszön. Zum Glück kein Befund, kein Virus, Bazill. Des Künstlers Blutbild, die Handschrift, Gefühl. Die Dramen der Ahnen verfaulen in Rahmen, im Mund. Leises Röcheln, sonst lautlos zu Grund.

30. Herz 2097 (3:47:43)

Papp à la Pappe, Lack auf Backe, Sack über Schopf.
Es, wir, dunkel und eutlich und klar verschwimmen Fische im Trüben, gilben. Dort üben wir weiter wirr wah, schwellen uns frei, Seite an Zeit. Wer duckelt, wer uckt, wer zagt, wer drutzt, wer ottet, wer tseit, wer lügt, wer streit.
Kanal auf WAH! Kanal auf WAH!

31. Murx 2098 (3:48:45)

Hier unten Ihr Kreuz. X für ungut, x und. Sie können jetzt gehen. The banks macht und miese, the Clinix make dicht. The Leute go leise to DIE! Don't smile! HOWHOW

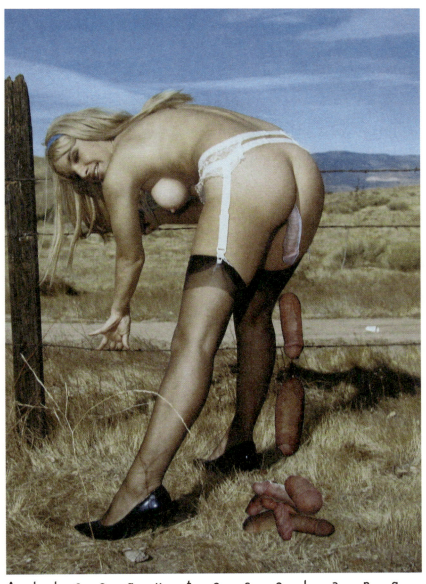

Alles gut es olang

1. April 2099 (3:51:05)

Der schwerste April, der zweite, der dritte, so viel.

A l l e s g u t e s o l a n g

A l l e s g u t e s o l a n g

A l l e s g u t e s o l a n g

A l l e s g u t e s o l a n g

A l l e s g u t e s o l a n g

A l l e s g u t e s o l a n g

A l l e s g u t e s o l a n g

A l l e s g u t e s o l a n g

A l l e s g u t e s o l a n g

A l l e s g u t e s o l a n g

A l l e s g u t e s o l a n g

A l l e s g u t e s o l a n g

A l l e s g u t e s o l a n g

A l l e s g u t e s o l a n g

A l l e s g u t e s o l a n g

A l l e s g u t e s o l a n g

A l l e s g u t e s o l a n g

A l l e s g u t e s o l a n g

A l l e s g u t e s o l a n g

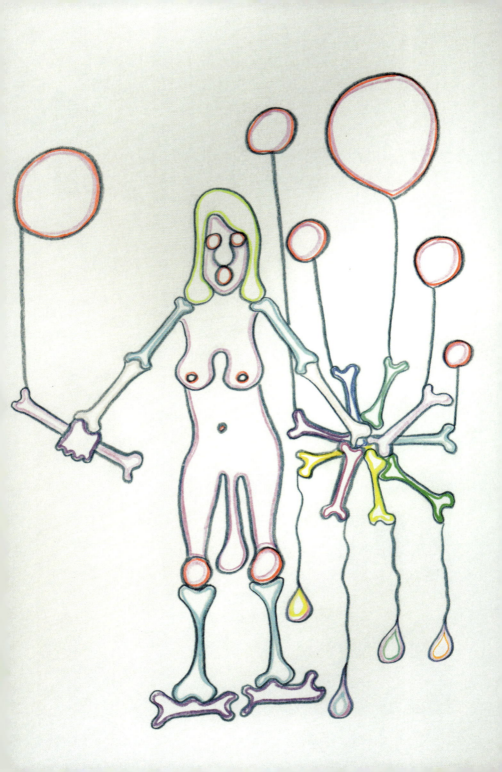

A l l e s g u t e s o l a n g

A l l e s g u t e s o l a n g

220 A l l e s g u t e s o l a n g

A l l e s g u t e s o l a n g

A l l e s g u t e s o l a n g

A l l e s g u t e s o l a n g

A l l e s g u t e s o l a n g

A l l e s g u t e s o l a n g

A l l e s g u t e s o l a n g

A l l e s g u t e s o l a n g

A l l e s g u t e s o l a n g

A l l e s g u t e s o l a n g

A l l e s g u t e s o l a n g

A l l e s g u t e s o l a n g

A l l e s g u t e s o l a n g

A l l e s g u t e s o l a n g

A l l e s g u t e s o l a n g

A l l e s g u t e s o l a n g

A l l e s g u t e s o l a n g

A l l e s g u t e s o l a n g

A l l e s g u t e s o l a n g

Werkliste

Alle Werke, wenn nicht anders vermerkt:
Courtesy Galerie Kai Erdmann und der Künstler.
Alle Fotos, wenn nicht anders vermerkt:
Frl. Macke-Pend.

Seite 6/7   Kendra F. Clemp:
              Ausstellungsansicht *Salz auf die Wunder*
              Galerie Kai Erdmann, Berlin, 2021 (Foto: Volker Hobl)
–   Manfred Peckl: **Thoughts**
              2021, Papier/diverse Stifte, Holz, variable Maße
–   Frl. Macke-Pend: *Salz auf die Wunder*
              2021, Styropor/Silikon/Federn/Holzsockel/Lack,
              250 x 77 x 77 cm

Seite 8   Panfred Meckl: **Net Lover**
              2021, Acryl auf Leinwand , 50 x 40 cm

Seite 21   Manfred Peckl: **Thoughts** (Detail)
              2021, Papier, diverse Stifte, Holz, variable Maße

Seite 22/23   Kendra F. Clemp:
              Ausstellungsansicht *Salz auf die Wunder*
              Galerie Kai Erdmann, Berlin, 2021
–   Manfred Peckl: **Fog**
              2021, Silikon/Federn auf Leinwand, 120 x 100 cm
–   Frl. Macke-Pend: *Salz auf die Wunder*
              2021, Styropor/Silikon/Federn/Holzsockel/Lack,
              250 x 77 x 77 cm

Seite 48   Panfred Meckl: **Samstag, der 14.**
              2015, Papier auf Holz/UV-Lack, 60 x 50 cm

Seite 50   PC Ferkel Damn: **Der potente Künstler**
              2015, Papier auf Holz/UV-Lack, 56,5 x 50,5 cm
              Privatsammlung

Seite 52   PC Ferkel Damn: **Zombie**
              2012, Papiercollage, ca. 15 x 20 cm
              Privatsammlung

Bands (Hörbuch)

The B-Men 2009 – 2014 (Marcus Sendlinger: Gitarre; Marc Bijl: Bass; Andreas Schlaegel: Drums/Stimme; Manfred Peckl: Stimme)

01:04:023 *Dead Dead Dead* von der LP **Amen The B-Men**, 2010, Sick Fuck Records

01:19:25 *1.2.Black* von der CD *To B Or Not The B-Men*, 2013, Sick Fuck Records

02:00:38 *Burning Desire* von der LP *Amen The B-Men*, 2010, Sick Fuck Records

02:21:55 *Heavy Mental* von der CD *To B Or Not The B-Men*, 2013, Sick Fuck Records

Die!Landschaft Seit 2016 (Andreas Schlaegel: Drums/Stimme; Manfred Peckl: Stimme/Looper)

00:53:15 *Itchiladchijeojea* Home Recordings, 2018

01:36:47 *Dushilow* Home Recordings, 2018

02:11:05 *Alabi Lahei* Home Recordings, 2017

02:11:05 *Kanipanidalina* Home Recordings, 2017

Svenghoulie Anders: Gitarre; Pig Panther Peckl: Stimme

02:41:27 *Beatin Heart* Improvisation, Tape Recordings, 2004

Van Urrgh Seit 2018 (Ivar van Urk: Gitarre; Stefan Müller: Drums, Manfred Peckl: Stimme)

03:16:56 *Cool For Fools* Demo, 2021

03:40:02 *Don't Believe* Demo, 2021

Biografien

Manfred Peckl
Lebt.
www.manfred-peckl.com

Ivar van Urk
Theater- und Opernregisseur, Theaterkomponist und Musiker. Er studierte in den Niederlanden Regie an der Hochschule für Schauspiel Amsterdam. Von 1992 bis 2000 war er künstlerischer Leiter der Theatergruppe Het Oranjehotel und von 2000 bis 2009 Teil des Leitungsteams bei Het Nationale Toneel. 2009 debütierte van Urk in Deutschland am Theater Bonn. Seit 2011 lebt er überwiegend in Berlin und arbeitet als freier Komponist, Musiker und Regisseur. Ivar van Urk unterrichtet an verschiedenen Schauspielschulen.

Jörg Heiser
Kunstkritiker, Kurator und Musiker. Heiser ist Direktor des Instituts für Kunst im Kontext an der Universität der Künste in Berlin und arbeitete 20 Jahre als Redakteur für das Kunstmagazin *frieze*. 2018 war er Co-Kurator der Busan Biennale in Südkorea; im gleichen Jahr erschien das zweite Album der Band La Stampa, deren Mitglied er ist (Vinyl Factory, London). Bücher: *Plötzlich diese Übersicht. Was gute zeitgenössische Kunst ausmacht* (Berlin, 2007), *Doppelleben: Kunst und Popmusik* (Hamburg, 2016), zuletzt *Freiheit ist kein Bild* (Hamburg, 2021).

Danke

238

Sybilla Weidinger, Hans Weidinger, Silvia Lux, Günther Lux, Edeltrud Peckl-Kagerer, Johann Peckl, Thomas Draschan, Markus Schmalwieser, Julia Schwack, Markus Huemer, Lawrence Tooley, Sven Drühl, Kai Erdmann, Anka Ziefer, Jan Muche, Irina Berginc, Barbara Green, Tatjana Doll, Jörg Heiser, Thomas Zipp, Phillip Zaiser, René Buchholz, Rainer Neumeier, Marcus Andrew Hurttig, Gabi Dziuba, John Bock, Robby Greif, Antje Blumenstein, Friedemann Hottenbacher, Jan Kage, Petra Rehder, Eric Decastro, Reinhard Spieler, Isabel Meiffert, Bianca Bellomo, Harald Wagner, Eckart Hahn, Nicola Stäglich, Klaus Fuchs, Andreas Schlaegel, Christian Maier, Rachel Rits-Volloch, Oliver Kreuzwieser, Wolfgang Ganter, Manfred Rothenberger, Bram Braam, Stefan Bressel, Oskar Volkland und Esther Kiener.

Impressum

Herausgeber
Kai Erdmann, Hamburg, in Zusammenarbeit mit dem
Institut für moderne Kunst, Nürnberg

Konzeption
Manfred Peckl

Lektorat
Esther Kiener, Manfred Rothenberger

Gestaltung / Bildbearbeitung
gggrafik heidelberg

Umschlag
Foto: Frl. Macke-Pend

Schrift
Interstate

Papier
Fly 05, spezialweiß, 115g/m^2

Herstellung
Westermann Druck Zwickau GmbH

Buchhandelsvertrieb
VfmK Verlag für moderne Kunst GmbH, Wien
www.vfmk.org

© Fürth 2022, starfruit publications
www.starfruit-publications.de
All rights reserved.
Printed in Germany.

ISBN: 978-3-922895-49-7

Mit freundlicher Unterstützung von:

STIFTUNG**KUNSTFONDS**